Philippe BESSON • Michel BUSSI •
Maxime CHATTAM • François D'EPENOUX •
Lorraine FOUCHET • Karine GIEBEL •
Raphaëlle GIORDANO • Philippe JAENADA •
Alexandra LAPIERRE • Cyril LIGNAC •
Agnès MARTIN-LUGAND •
Romain PUÉRTOLAS • Tatiana DE ROSNAY •
Leïla SLIMANI • Franck THILLIEZ

13 À TABLE !

2024

NOUVELLES

POCKET

ISBN : 978-2-266-33859-2
Dépôt légal : novembre 2023

Toute l'équipe de 13 à table ! *dédie cet ouvrage*
à la mémoire de Françoise Bourdin

Les Éditions Pocket remercient chaleureusement
Alain Souchon et Laurent Voulzy
pour leur aimable autorisation
à utiliser « J'ai dix ans »
comme thème du recueil de l'année.

Sommaire

Préface des Restos du Cœur

J'ai dix ans et je crois que les moineaux sont les petits des pigeons. Je crois aussi que les colibris peuvent éteindre le feu, en multipliant les allers-retours pour verser l'une après l'autre des gouttes d'eau sur l'incendie.

Oui, je crois qu'avec des gouttes d'eau on peut changer le monde.

Le problème, c'est que les contrôleurs du ciel ne font pas leur boulot : il y a de moins en moins d'oiseaux et de plus en plus de pollution, dans le ciel. Du coup, l'air se réchauffe et les factures flambent.

Du haut de mes dix ans, je vois bien que l'atmosphère devient irrespirable à cause de l'augmentation des prix.

Ça n'a pas été long à voir, hein ?

Juste le temps d'aller à la boulangerie et de constater que le prix du sucre a bondi de 51 % en un an. Qu'est-ce que ça fait cher pour acheter un paquet de bonbons !

Premier réflexe

Je me suis auto-autorisé à m'acheter des bonbons au même prix qu'avant. J'ai montré mon autorisation à la boulangère. Elle a ri.

Deuxième réflexe

J'ai écrit au père Noël.

« Cher père Noël, envoie-moi au plus vite une armée de colibris pour éteindre ces prix qui flambent, ou sinon, je me révolte ! »

Il m'a répondu :

« Je me suis renseigné sur Internet : prends de la potion magique. Tu peux en commander sur Wish. Clique sur ce lien, tu auras moins 50 %. »

Bon, là, j'étais tombé sur un influenceur véreux. Pas de chance.

Troisième réflexe

En parler à la presse.

Ça tombe bien, j'ai une grande amie – elle a onze ans –, elle s'appelle Capucine, elle a des yeux noisette comme un écureuil et elle est journaliste.

Oui, madame ! Journaliste dans un journal pour les enfants, qui a fait cet hiver un reportage sur la solidarité.

Et elle m'a dit qu'aux Restos du Cœur, ils distribuaient gratuitement des aliments pour les gens qui n'ont pas de quoi éteindre les factures qui flambent.

— Ah bon ?

— Mais oui !

Et le plus extraordinaire, c'est les gens qui travaillent aux Restos du Cœur, ils sont bénévoles ! Ça veut dire : pas payés.

— Non ?

— Mais si !

— D'accord, Capucine. Mais, tu sais, je ne crois plus au père Noël (Capucine a souri), et quand le prix de l'énergie augmente, je suis sûr qu'ils font payer plus, aux Restos du Cœur.

— Non ! Et justement, c'est pour ça qu'ils ont besoin d'aide, parce que les produits qu'ils distribuent n'augmentent jamais, étant donné que les Restos sont restés fidèles à l'esprit de Coluche et à la distribution alimentaire gratuite.

— Ah bon ? Mais ce que tu m'expliques, là, c'est quasiment aussi magique que le travail des colibris, alors ?

— C'est grave des colibris, les bénévoles ! Sauf que c'est pas des petites gouttes d'eau qu'ils versent sur l'incendie, c'est des colis entiers de nourriture !

» Même pendant le Covid, ils étaient là !

» Franchement, quand je vois le prix de l'énergie qui augmente autant qu'en ce moment, je trouve que l'énergie que déploient les bénévoles des Restos du Cœur devrait être mieux récompensée !

Ce jour-là, une plume s'est posée sur ma tête. Une toute petite, minuscule plume de colibri.

Soudain, j'ai pris Capucine par la main et on est allés voir les copains dans la cour pour leur proposer un truc. On a réuni tout le monde, et ils ont tous dit oui !

Quand on est remontés en classe, Capucine et moi, on a demandé à la maîtresse si on pouvait organiser une collecte avec l'école pour les Restos du Cœur, et elle aussi, elle a dit oui.

Après, on a mis la chanson des Restos du Cœur et la maîtresse nous a raconté l'histoire des Enfoirés, qui étaient cinq au départ, et qui sont dix fois plus nombreux aujourd'hui.

Ça ne m'étonne pas, que les ornithologues aient pensé à donner à une espèce de colibris le nom de « colibri de Goldman » !

J'ai dix ans et je sais que pour changer le monde ce n'est pas une histoire de taille, ou d'âge. Même quand on est tout petit, on peut réunir du monde et aider. Même juste en achetant un livre, parfois, on peut aider.

Merci à tous les auteurs de 13 à table ! *qui depuis dix ans nous prêtent leur si belle plume pour écrire ces bonnes nouvelles que vous allez découvrir.*

Merci aussi à tous les enfants des écoles de Volvic, de Limoux, de Paris, de Saint-Donat-sur-l'Herbasse, d'Albi et à tous les autres que je ne peux pas citer, sinon ça prendrait toute la place, et qui font des collectes pour les Restos du Cœur !

Merci à toutes celles et tous ceux qui participent à leur manière et aident les Restos du Cœur.

Happy Birds Day à tous les colibris !

Romain Colucci,
Bénévole « volant »

Philippe BESSON

La Fin de l'enfance

Depuis ses premiers pas en littérature, en 2001, Philippe Besson est devenu un romancier de premier plan traduit dans une vingtaine de pays. Il a publié plus de vingt livres couronnés de succès dont, entre autres, *Son frère*, adapté au cinéma par Patrice Chéreau ou *« Arrête avec tes mensonges »*, Prix Maison de la Presse, adapté au cinéma par Olivier Peyon. Son dernier roman, paru chez Julliard en janvier 2023, *Ceci n'est pas un fait divers*, a reçu le Prix Nice Baie des Anges.

Je suis né sous de Gaulle, ce qui ne nous rajeunit pas.

J'aurais adoré voir le jour en 68, année révolutionnaire, ou en 69, année érotique. Mais non, j'ai eu droit à 67, où il n'est à peu près rien arrivé. C'est ainsi, on se tient souvent à côté de l'Histoire.

Par conséquent, vous en déduirez aisément que j'ai eu dix ans en 77.

De prime abord, on se dit que ce n'est pas non plus une année inoubliable. On a beau chercher dans sa mémoire, on ne trouve pas grand-chose. Jimmy Carter devient président des États-Unis, mais qui s'en souvient vraiment ? La gauche gagne les élections municipales ; c'était l'époque où elle remportait encore des victoires. Usinor supprime près de 4 000 postes ; la sidérurgie lorraine agonise déjà. Jérôme Carrein, condamné à mort pour le meurtre d'une fillette, est exécuté ; il ne sera pas le dernier. Le paquebot *France* est vendu à un homme d'affaires saoudien ; « J'étais la France, qu'est-ce qu'il en reste ? Un corps mort pour les cormorans », regrettera Michel Sardou. Plastic Bertrand chante

« Ça plane pour moi » et Marie Myriam remporte l'Eurovision ; ça ne nous est plus arrivé depuis, qui l'ignore ? Au cinéma, on peut voir *Star Wars* et *Diabolo menthe*. À la télé, on découvre « L'École des fans » et *Wonder Woman*. Rien de fou, quoi.

Et moi, que suis-je ? Un gosse de la campagne qui ignore presque tout du monde et de son fracas. J'habite Lamérac, un village de deux cents âmes niché au sud de la Charente, où coule une rivière minuscule, le Petit Trèfle, cernée de vignobles, parce qu'on est dans une région où se confectionnent le pineau et le cognac. Une école, une mairie, une église, un cimetière, des fermes, c'est à peu près tout. Mais c'est mon univers, et il me suffit. Mieux, il m'enchante.

D'aussi loin que je me rappelle, je suis un enfant libre, insouciant, protégé. J'ai une amoureuse prénommée Nadia, qui vit de l'autre côté de la route principale, et nous passons beaucoup de temps ensemble, perchés dans les arbres. Je lis « Le Club des cinq », « Le Clan des sept », en silence dans la chambre que je partage avec mon frère, d'un an mon aîné. Je vais chercher le lait à l'étable, à peine sorti du pis de la vache. On achète parfois du pain au cul de la camionnette de l'épicier qui klaxonne et stationne sur l'unique place, trois fois par semaine. Traditionnellement, dès le mois d'avril, on file le week-end au camping de Saint-Georges-de-Didonne, où notre caravane est installée à l'année, en juillet on se rend dans l'île de Ré chez des amis de mon père et, à la fin de l'été, je suis hissé dans une cuve gigantesque afin de fouler aux pieds les raisins juste ramassés. Il y a là un ordonnancement simple et rassurant.

Cette année-là, en mai, je fais ma communion solennelle. Quatre ans plus tôt, j'ai, en effet, entamé mon catéchisme, au grand dam de mon père, instituteur farouchement anticlérical, lequel a fini par se résigner à cette étrange lubie parce qu'il y a vu l'opportunité pour moi de frayer avec des camarades de mon âge (il me trouvait alors un peu sauvage). Enfant de chœur, j'ai aimé, je l'avoue, porter l'aube et faire sonner la clochette dès que le curé m'en donnait le signal. Désormais, je dois me plier au rite de passage que constitue la communion et cela m'effraie vaguement car l'abbé Brothier m'a assuré que cela marquait « la fin de l'enfance », et moi, je n'ai pas vraiment envie de sortir de l'enfance. S'apercevant de ma réticence, il a néanmoins ajouté : « Mais comme tu es le plus jeune de tous, tu auras peut-être un peu de rab. » (Repensant à cette phrase, les larmes me montent aux yeux). J'en ai aussitôt été soulagé.

Le jour dit, la procession des communiants que nous sommes est plutôt désordonnée, maladroite. Nous avons répété, pourtant, sous la férule de l'abbé, et c'est comme si nous avions tout oublié. Cependant, la joie de notre ballet bordélique fait fondre l'assemblée, de toute façon acquise à notre cause. Après la cérémonie, il y a un banquet avec les grands-parents, les oncles, les tantes, les cousins, dans une salle des fêtes, louée pour l'occasion. Ça parle fort, ça mange sans précaution, ça lève son verre, ça rigole, ça festoie. Je contemple les adultes avec circonspection. Leur laisser-aller, leur grivoiserie me mettent mal à l'aise. Je songe que, plus grand, je n'aimerais pas tellement leur ressembler. Peut-être la trahison de ma classe que je finirais par opérer éclôt-elle en cette circonstance. Pour le moment, je me contente de penser que cela signifie sans doute que l'enfance, en moi, résiste. J'ignore qu'elle va s'achever de manière brutale quelques mois plus tard.

Très précisément en septembre, quand j'entre en sixième. Il me faut vous préciser que j'ai « un an d'avance ». Mon père, qui est aussi mon maître d'école, s'est arrangé pour me faire sauter une classe. Il est des privilèges qui, parfois, s'apparentent à des malédictions.

Pour gagner le collège André-Malraux de Baignes, je dois prendre le bus de ramassage scolaire dans le petit matin, on traverse la campagne dormante, on récupère un à un des élèves pour une moitié assoupis, pour l'autre excités. Dans l'habitacle se côtoient chahut et résidus de sommeil.

Dans ma classe, la sixième A, les autres me dépassent d'une tête. Eux aussi parlent fort, se bousculent dans la cour, se cherchent des noises, mais baissent les yeux et filent doux quand un troisième se trouve dans leurs parages. En cours, j'attire rapidement l'attention parce que je lève trop souvent la main, je donne trop régulièrement les bonnes réponses, je parais m'intéresser à des matières qui laissent indifférents beaucoup de mes congénères, je suis discipliné quand ils se montrent insolents. On me traite de « polard », de « lèche-cul », on prétend que je ne suis « pas marrant ». Jusque-là, personne ne m'avait reproché mes bons points. Je suis bêtement désemparé.

Mais surtout, dès la récréation revenue, ou en cours de sport, on se moque de mes gestes de fille, d'abord à bas bruit, puis de plus en plus ouvertement. Les moqueries deviennent des quolibets, les plaisanteries virent au ricanement, l'ironie au mépris. Jusqu'au jour où fuse un « sale pédé ». J'entends le mot pour la première fois. Et croyez-le ou non, sans l'avoir jamais entendu auparavant, je le comprends immédiatement.

Si l'insulte me blesse, elle ouvre surtout un gouffre sous mes pieds (ou un monde devant mes yeux), dévoilant une réalité que je devine depuis quelques mois sans oser me l'avouer (non par honte mais par incompréhension, par incrédulité). Car si j'étais sincèrement épris de Nadia, il ne m'avait pas échappé qu'à la piscine mon regard s'attardait sur le jeune maître nageur, mais je n'avais pas cherché plus que ça à élucider pareil mystère. Au fond, c'est l'insulte qui me fait prendre pleinement conscience de mon homosexualité. C'est elle aussi qui me fait l'assumer, et même, à certains égards, la revendiquer. C'est elle enfin qui provoque la première brèche dans le merveilleux cocon de l'enfance.

Parce que, dans homosexuel, le « sexuel » emmène vers des rivages inconnus. Aussitôt, j'imagine des étreintes. J'ai surpris un jour mes parents en train de faire l'amour, j'ai une idée de ce qu'est un corps-à-corps (petit rappel salutaire, on est en 77, pas d'Internet, pas de téléphone portable, pas de porno accessible dans la seconde à qui veut en consulter, on est dans l'ignorance, dans la niaiserie, dans la supputation, mais, tout de même, on comprend l'essentiel). Je songe : *Un jour, j'embrasserai un garçon, un jour, je caresserai sa peau, et un peu plus que ça.*

Et parce que je mesure d'emblée que j'appartiens à une minorité, et que j'aurai donc à exister face à la majorité, que je ne suis pas dans la norme et que je vais devoir me battre contre les forts en gueule qui me le reprocheront. La bataille, le combat, c'est un truc de grands. Je deviendrai un grand plus vite que prévu.

Cependant, la véritable bascule s'opère quand, un soir, je repère ma mère à la sortie du collège, le visage défait. Elle n'est jamais venue nous chercher, mon frère et moi ; nous prenons le car, je l'ai mentionné. Sa présence allume immédiatement une alarme.

Elle n'y va pas par quatre chemins, elle dit : « Y. est mort. »

(Avec le recul, je suis frappé par sa franchise, par son refus de tourner autour du pot. Mais c'est elle qui a eu raison : les mauvaises nouvelles, ça s'annonce sans détour.)

Y. est mon cousin, il avait dix-huit ans.

On se voyait souvent le dimanche, quand mon père passait rendre visite à son frère aîné (il répétait : « La famille, ça compte »). Y. avait huit ans de plus que moi mais montrait de l'attention pour le gosse que j'étais, on allait marcher dans les champs alentour, j'étais assis à côté de lui lors des repas de famille, il était là en mai pour ma communion. Il avait un visage rieur, des cheveux bouclés.

Ma mère ajoute : « Il s'est tué à moto. »

Là encore, elle ne biaise pas. Elle fournit l'explication, s'en tient aux faits.

(Aujourd'hui, je sais que cette apparente neutralité lui servait à masquer son chagrin mais aussi sa frayeur intime. Car chaque mère redoute en secret la mort de son enfant, sait d'un savoir absolu, indiscutable qu'il s'agirait d'un événement épouvantable, dont probablement elle ne se remettrait jamais, la pire des épreuves assurément. Et, apprenant le décès de Y., elle n'a pas pu s'empêcher de penser à ses propres fils, à la folie dans laquelle elle aurait plongé si l'un d'entre eux était venu à disparaître.)

Je dis : « Comment on se tue à moto ? »

Elle me dévisage, hésite à répondre et finalement se lance : « Il a loupé un virage sur la petite route au milieu des bois d'Oriolles. »

Je dis : « Il roulait trop vite ? »

Elle fait un signe d'impuissance : « On ne sait pas. Il faisait sombre, il n'a peut-être pas vu le virage. Ou peut-être qu'il a simplement glissé ; il avait plu. »

Je répète la phrase pour moi-même : *Peut-être qu'il a simplement glissé*. Je songe que la vie peut s'arrêter parce qu'on a *simplement glissé*.

Y. est mon premier mort.

Rendez-vous compte : avant lui, la mort n'existait pas.

C'était un mot presque tabou, quasiment jamais prononcé par mes parents, comme si ne pas le prononcer était une façon d'éviter ce qu'il signifie.

Ce n'était même pas une image car nous n'avions pas le droit de regarder la télévision.

C'était un concept, autant dire une abstraction. Une chose informe, donc irréelle. Une chose lointaine, qui ne pouvait pas nous atteindre.

C'était réservé aux puissants – Georges Pompidou est mort –, aux célébrités – Mike Brant est mort –, aux vieillards à cheveux blancs – Jean Gabin est mort –, aux étrangers – Elvis Presley est mort.

Ça n'était pas pour nous, en tout cas pas pour moi, ça ne pouvait pas nous concerner, nous rattraper.

Et puis, tout à coup, c'est là. Ça fauche un jeune homme de dix-huit ans, à moto, dont j'embrassais les joues chaque fois qu'on se retrouvait, dont j'aimais le visage rieur, les cheveux bouclés.

(Ce sont ses parents qui l'ont découvert. Inquiets de ne pas le voir rentrer, ils sont partis à sa recherche et l'ont trouvé, gisant dans un fossé, à côté de sa bécane. Je veux croire, encore aujourd'hui, qu'il ressemblait à un dormeur du val. Je présume que ce n'était pas le cas mais c'est mieux ainsi. La mort suffit. Pas la peine d'en rajouter.)

Le jour des obsèques, mes parents nous confient, mon frère et moi, à nos grands-parents maternels, estimant que se recueillir autour d'un cercueil n'est pas un spectacle, qu'un cimetière n'est pas un endroit pour des gamins. En réalité, ils craignent que la cérémonie ne fasse de la mort une chose concrète, tangible.

Il fallait qu'elle reste une idée.

C'était illusoire.

Dans l'automne de mes dix ans, j'ai compris que la mort n'était pas une idée.

J'ignorais évidemment qu'elle me frôlerait à plusieurs reprises, et surtout qu'elle emporterait, lors de la décennie suivante, tant de mes amis, de mes amants dans le plus bel âge, qu'elle provoquerait tant de manque, et donc d'écriture.

En attendant, j'ai perdu à jamais le bien le plus précieux peut-être : l'innocence.

Michel BUSSI

J'ai dix ans… demain

Consacré en 2012 par le Prix Maison de la Presse pour *Un avion sans elle*, Michel Bussi est aujourd'hui un auteur incontournable, parmi les préférés des Français, lauréat de nombreuses récompenses. Ses romans sont traduits dans trente-huit pays et ont fait l'objet de diverses adaptations, audiovisuelles ou en bande dessinée. Il se distingue par son art du twist, promesse d'un final renversant. Son dernier roman, *Trois vies par semaine*, a paru en mars 2023 aux Presses de la Cité.

Le 23 novembre 2021,
Ouistreham, Normandie

J'ai dix ans. Enfin, je les aurai demain. Et je vais vous faire un aveu incroyable, c'est même un secret : je vais les fêter en Angleterre ! Avec toute ma famille. Mon père et ma mère bien entendu, mon grand frère, mais aussi mes oncles, mes tantes, mes cousins. Je crois que mon grand frère est encore plus impatient que moi. Demain, à Londres, il retrouve Nalîn, sa petite copine. Trois ans qu'il ne l'a pas vue ! Il lui écrit ou lui téléphone tous les jours, il est super amoureux, mais moi je ne suis pas si sûre qu'elle l'ait attendu.

Je suis tellement pressée. J'ai tellement de choses à vous raconter. Je note tout dans mon cahier. Parfois, j'écris même plus vite que mes pensées et voilà, je m'aperçois que je ne me suis pas présentée. Je m'appelle Dilara, mais tout le monde m'appelle Didi. Je suis née à Dahuk, une grande ville près du Tigre, dans le Kurdistan irakien.

Papa me l'a dit, on part demain.

Il me l'a même juré. Il a dû s'apercevoir que je ne le croyais pas vraiment, alors il l'a promis sur la tête de papy Simko et de mamie Tanya, qui sont restés à Dahuk. « C'est la dernière traversée, Didi ! Un dernier effort et ensuite, terminée, l'aventure ! »

L'aventure ?

Des fois, papa est comme moi, ces mots sortent plus vite que ses pensées et il ne choisit pas les bons.

L'aventure, papa ?

On est partis depuis combien de temps ? Quatre mois ? Cinq mois ? Six mois ? On a quitté Dahuk sous la pluie. Papa m'avait tracé l'itinéraire sur une carte. On a traversé la Turquie, la Bulgarie, la Serbie, la Croatie, la Slovénie, l'Italie… On est passés par des déserts, des montagnes et des rivières. On a marché de nuit pour franchir des frontières. Souvent, le soir, quand nous dormions dans une grange, sous un arbre ou sur le bord de la route, je demandais :

— Pourquoi, maman ? Pourquoi, papa ? Pourquoi on a quitté Dahuk ?

Vous me répondiez toujours la même chose :

— Parce que c'était trop risqué de rester, ma Didi. Parce que là-bas, on serait déjà morts.

Je ne sais pas si c'est vrai. Je suis trop petite pour me rendre compte du danger.

Parfois, le soir, quand je me plaignais d'avoir mal aux pieds, d'avoir faim, quand je boudais en faisant semblant de faire demi-tour, « C'est bon, je rentre, l'aventure, papa et maman, c'est fini », ils se penchaient vers moi et me chuchotaient dans le noir un argument plus terrible encore :

— Si on est partis, c'est pour toi, Didi.

Et là ils se lançaient dans des explications interminables. Deux clans se disputaient notre pays, le Kurdistan irakien. Deux grandes familles avec chacune son parti politique, prêtes à tout sauf à organiser des élections pour prendre le pouvoir. Elles écartelaient le pays en deux et nous on était au milieu.

— Oui, si on est partis, c'est pour toi, Didi. Et pour ton frère. Parce que notre pays ne connaîtra jamais la paix. Parce qu'il y a soixante ans, tes grands-parents ont été gazés par Saddam Hussein. Parce qu'il y a trente ans, mes trois frères ont été fusillés par les peshmergas[1]. Parce que pendant la guerre en Irak, mes deux sœurs et ma tante ont été tuées dans un bombardement américain. Parce que rien ne changera jamais, là-bas. Parce que nous avons déjà trop attendu, ton père et moi. Notre vie est fichue, mais pas la tienne ni celle de ton frère. Tu es intelligente, Dilara. Tu es courageuse. Tu mérites de réussir et tu réussiras. Alors ne l'oublie pas, Didi, si nous avons pris tous ces risques, c'est pour toi et Rezhwan, pour que vous puissiez avoir une chance. Toi, et tes futurs enfants. Et les futurs enfants de tes enfants.

Merci papa, merci maman.

Qu'est-ce que je peux répondre à ça ? Que je n'ai rien demandé. Que mes amies, Perwin, Cane et Sabryia, elles sont restées à Dahuk. Que Baran et Ferhad, les cousins qui nous attendent en Angleterre, ne sont peut-être pas si riches, ni si joyeux de nous accueillir chez eux. Que moi je ne suis pas comme

1. Combattants kurdes irakiens.

Rezhwan, je n'ai pas de petite amie à retrouver sur Trafalgar Square. Qu'ils me mettent quand même tous une sacrée pression, à me faire porter tout le poids de notre épopée.

Alors je ne réponds rien. Je me contente de les suivre et de me comparer aux autres Kurdes irakiens qui partagent notre route. Il y a pire, tellement pire que moi. Cette femme qui voyage avec son bébé. Ce jeune garçon qui boite qui nous rejoint toujours le soir avec trois heures de retard. Cette grand-mère qui passe ses journées à pleurer en serrant dans ses mains une poupée. Oui, il y a pire, tellement pire que moi.

Sur la plage d'Ouistreham, je croise souvent des Français. C'est rare qu'ils s'approchent de nous. En général, ils évitent la voie verte ou le chemin de halage, là où nos tentes sont plantées. Personne ne s'aventure dans le camp, à part les associations et les policiers. Moi c'est tout l'inverse. Je me promène ! Je regarde, j'écoute, j'apprends. Parfois, quand je croise des jeunes Français, j'essaie de leur parler. Surtout aux plus grands. Je vois bien qu'ils se méfient. Qu'ils ont peur, même.

Waouh ! Des lycéens, des étudiants qui ont peur d'une gamine qui n'a pas encore dix ans ! Ils craignent quoi ? D'attraper une maladie en discutant ? Que je finisse par leur demander un peu d'argent ? Je n'ai jamais mendié. Jamais de ma vie !

Peur de quoi, alors ? Que je leur vole leur terre ? Leur sable ? Leur mer ? Parfois, quand je les vois sortir de classe, balancer leurs sacs sur la digue, partager des bières, des rires et s'embrasser, je me demande pourquoi le sable, la mer et la terre d'ici leur appartiendraient. Leur appartiendraient plus qu'à moi, je veux dire. Parfois, je me laisse envahir par des idées pires. Je me demande, quand je regarde les ados d'ici organiser un foot à marée basse, ou s'installer en rond autour d'un poste de musique en attendant que la nuit tombe, ce qu'ils ont fait de plus que moi pour mériter cette plage.

Ils sont nés ici, c'est tout. J'ai beau chercher, je ne vois pas quel autre effort on leur a demandé. Alors que moi, on pourra dire ce qu'on veut, mais j'ai quand même traversé sept pays, j'ai quand même marché pendant plus de trois mille kilomètres pour arriver jusqu'ici. S'il fallait passer un concours pour devenir français, ou anglais, je crois que j'aurais quand même quelques points d'avance sur eux !

Dès que je m'approche d'eux, ils détournent les yeux. J'ai envie de leur crier que je comprends que la naissance soit une loterie, qu'il faut un peu de chance et que tout le monde n'a pas reçu les mêmes cadeaux dans son berceau. Que je ne vais pas leur demander de partager leur toit, l'amour de leurs parents ou l'argent placé sur leur compte en banque. Mais le reste ? Le ciel au-dessus de notre tête, le sol sous nos pieds, pourquoi ce serait aussi dans la corbeille du nouveau-né ? Pourquoi on ne pourrait pas le partager ? Pourquoi il n'appartiendrait pas tout autant aux étrangers ?

— On part cette nuit, Didi !

Cette fois c'est certain, papa me l'a dit.

C'est pas trop tôt ! Des semaines qu'on campe ici en Normandie. Dire qu'on a quitté les rives du

Tigre et les eaux bleues du lac de Mossoul pour venir planter notre tente ici, devant cette mer qu'ils appellent Channel. Un nom plutôt luxueux pour une mer aussi froide et grise.

— On part cette nuit, Didi, a répété papa. Ensuite, une fois de l'autre côté, une fois en Angleterre, ce sera à toi de jouer.

La pression, encore une fois ! Je suis maligne, à ce qu'il paraît. En avance pour mon âge, c'est ce que tout le monde dit. Enfin, c'est surtout ce que papa et maman disent. C'est leur plan, depuis le début. Je ferai des études, je serai riche… Je ne vais pas vous mentir, surtout que je ne sais même pas si vous lirez un jour ce cahier, mais je crois que c'est un peu vrai. J'ai le goût d'apprendre, de lire, d'écrire. Je déchiffre des mots sur des panneaux. *Ouistreham*, *Riva Bella*, *Mur de l'Atlantique*. J'attrape des bouts de français dans les conversations des bénévoles des ONG. Je sais que tout pourra me servir, alors je dévore tout ce que je peux avec mes oreilles et mes yeux.

Bon, admettons que je sois intelligente, assez au moins pour apprendre d'autres langues ou comprendre les habitudes d'un autre pays. Vous reconnaîtrez que ce n'est quand même pas la plus utile des qualités. Tous les autres dans le camp, tous vraiment tous, sont des superhéros avec bien davantage de pouvoirs que moi. Faut voir ce qu'ils ont affronté. Faut voir à quel point ils en ont bavé ! Et aucun n'a abandonné. Aucun n'a laissé l'un du groupe sur le côté. Aucun n'a hésité à partager les euros économisés, quand les passeurs ont essayé une nouvelle fois d'augmenter les tarifs.

— C'est pour mieux négocier des prix de groupe, s'est amusé papa.

Et quand je lui ai demandé pourquoi on leur faisait confiance, il a répondu que ça n'était pas la question, que c'était juste la loi de l'offre et de la demande. Que les passeurs ne nous forcent pas à payer, ni à traverser.

— Tu vois, Didi, imagine que la police française ou européenne arrive à arrêter tous les passeurs du monde. Eh bien, crois-tu que ça empêchera les gens de vouloir traverser les mers ? La seule façon d'éviter que les passeurs s'enrichissent, elle est simple, Didi. Nous laisser passer légalement, en toute sécurité. Maintenant, il faut dormir, Didi. On part cette nuit.

Je sais bien que papa a raison. Je sais bien que je devrais m'enfoncer dans mon sac de couchage pour dormir un peu. Et pourtant, je continue d'écrire, à la lueur de la lune. Si je pouvais, je ne dormirais jamais et j'écrirais tout le temps, des histoires, de grandes et longues aventures de princesses, de chevaliers ou de sorciers. Il paraît que de l'autre côté de la mer, c'est le pays d'Harry Potter. Il paraît que celle qui a écrit ces livres, J. K. Rowling, est la femme la plus riche d'Angleterre. Plus riche même que la reine. Alors voilà, papa, c'est ce que je vais faire pour gagner ma vie, je ne vais pas travailler à la City, comme toi et maman en avez envie. Je vais inventer des histoires ! Enfin, c'est ma première idée. J'ai dix ans demain, alors j'ai encore le temps d'y penser. Je vais écrire encore un peu, quelques minutes, puis je vais ranger mon carnet dans mon sac plastique, bien protégé, au fond de ma poche pour que personne ne puisse le trouver.

Papa est revenu me voir, il y a moins d'une heure. J'ai cru qu'il allait me disputer.

— Tu as vu l'heure, Didi ? On se lève dans trois heures !

Mais non, il s'est assis à côté de mon sac de couchage et il a souri. Puis il s'est penché vers moi et il a juste dit :

— Joyeux anniversaire, ma chérie.

Il m'a tendu la main. Il tenait un petit paquet. Chiffonné et allongé.

— Eh bien, prends-le. Ouvre-le.

Je l'ai déballé en faisant attention à ne pas déchirer le papier. Je n'en croyais pas mes yeux. Dans ma main, je tenais un stylo en or. Pas du vrai or, bien entendu, juste un métal jaune qui brillait. Papa l'avait acheté au grand bazar d'Erbil. Je me rendais compte qu'il avait transporté ce stylo depuis cinq mois, en le gardant caché, simplement pour pouvoir me l'offrir le jour de mon anniversaire. Sauf que…

— Ce n'est pas aujourd'hui, papa. C'est demain, mon anniversaire.

Papa s'est encore plus penché vers moi, puis il a chuchoté pour que ni maman ni Rezhwan n'entendent :

— Je dois te prévenir, Didi. La traversée sera dangereuse, cette nuit. On devra d'abord prendre une camionnette pour nous rendre jusqu'à une plage plus au nord. Puis on sera une trentaine sur le bateau pneumatique. Presque aucun de nous ne sait nager. On ignore ce qu'il peut arriver au milieu de la mer. Alors… je préfère te le fêter ce soir. Ce stylo est pour toi, Didi. Écris. Écris autant que tu en auras envie.

Papa m'a embrassée, puis il est retourné se coucher.

Je lui ai obéi. J'ai encore écrit, jusqu'à ce que mes yeux se ferment tout seuls. Jusqu'à ce que la fatigue soit plus forte que la peur. Parce que je peux vous l'avouer, papa m'a fait peur. Ça ne lui ressemble pas, de m'offrir ainsi un cadeau à l'avance. Sans doute était-il pressé de me le donner. Je sais bien qu'après tout ce que l'on a vécu depuis Dahuk, le conducteur ivre du pont sur le Bosphore, les chiens lâchés par les douaniers bulgares, la tempête de neige dans les Balkans, il ne peut rien nous arriver de pire. Je sais bien qu'on ne peut pas mourir entre la France et l'Angleterre, les deux pays que j'aime le plus au monde. Je sais bien comment ça se passe, si le bateau ne parvient pas à destination. Les gardes-côtes nous récupèrent, nous ramènent ici, ou un peu plus loin, et tout recommence. Attendre, économiser, trouver une nouvelle filière, tout miser sur la nouvelle occasion. Il faut juste un peu de chance, et beaucoup de patience.

C'est le prix à payer pour devenir l'écrivaine la plus célèbre d'Angleterre !

Je vais refermer mon carnet. Je vais le ranger dans mon sac plastique.

Je m'appelle Didi.

J'ai dix ans demain.

Et un nouveau stylo pour écrire ma vie en or !

*
* *

Retranscription des échanges du 24 novembre 2021, entre un bateau de migrants et le Centre régional opérationnel de surveillance et de sauvetage en Manche du cap Gris-Nez (CROSS)[1]

23 heures (la veille)

Trente-quatre hommes, femmes et enfants embarquent pour traverser la Manche. Seuls quatorze possèdent un gilet de sauvetage.

1 heure

Le moteur de l'embarcation s'arrête. Le bateau pneumatique commence lentement à se dégonfler.

1 h 46

Karim, un des passagers, appelle le CROSS Gris-Nez.

Karim (en anglais) : Nous avons besoin d'aide [...]. Le moteur est cassé. S'il vous plaît.

Opératrice CROSS : Quelle est votre position géographique ? Sans elle, on ne peut pas vous envoyer de secours.

1. Si les personnages de cette histoire sont fictifs, les échanges téléphoniques entre les migrants et le CROSS lors de la nuit du 24 novembre 2021 sont eux bien réels. Ils sont ici retranscrits le plus précisément possible, après écoute des enregistrements. Ces échanges téléphoniques ont notamment été publiés dans *Le Monde* et *Le Canard enchaîné* ou relayés par France Info.

1 h 49

Le SAMU appelle le CROSS Gris-Nez.

SAMU : Nous avons reçu un appel de migrants en détresse dans la Manche.

Opératrice CROSS : Nous aussi. J'appelle le bateau de secours.

2 h 06

Aucun bateau n'a été envoyé sur le site du naufrage.

Le CROSS Gris-Nez appelle les gardes-côtes britanniques à Douvres.

Opératrice CROSS : Nous avons un bateau en détresse. Nom de code *Migrant 7*. Il est à 1,1 kilomètre des eaux anglaises.

De 2 h 06 à 2 h 27

Plusieurs appels désespérés des passagers de *Migrant 7*.

Karim : Nous avons besoin d'aide.

Opératrice CROSS : Quelle est votre position ? Envoyez-la par WhatsApp.

2 h 28

Le CROSS Gris-Nez rappelle les gardes-côtes britanniques.

Opératrice CROSS : *Migrant 7* est dans votre zone.

Gardes-côtes britanniques : Comment le savez-vous ?

Opératrice CROSS : Le positionnement WhatsApp… Vous voulez leur téléphone ?

2 h 29

Le SAMU rappelle le CROSS Gris-Nez.

SAMU : Quelles nouvelles des migrants en détresse ?

Opératrice CROSS : Eh bien voilà, ils ont touché les Anglais. Il faut qu'ils appellent maintenant le 999[1]. On a eu leur localisation par WhatsApp, et ils sont chez les Anglais, on a prévenu les Anglais.

2 h 47

Nouvel appel de détresse des naufragés au CROSS Gris-Nez.

Opératrice CROSS : Stop ! Stop ! Stop ! Je ne peux pas vous aider. Je vous transfère aux autorités britanniques. Appelez le 999. Restez calmes.

Elle raccroche.

Opératrice CROSS (seule ou à l'intention d'un collègue) : Il ne comprend rien ! Oh, ça m'énerve !

3 h 31

Nouvel appel de détresse de Karim au CROSS Gris-Nez.

Opératrice CROSS : Désolée, vous êtes dans les eaux anglaises, monsieur.

Karim : Pas les eaux anglaises. Les eaux françaises ! Pouvez-vous venir vite ?

1. Numéro d'urgence britannique.

Opératrice CROSS : Non, vous êtes dans les eaux anglaises. Je vous transfère aux gardes-côtes britanniques.

La ligne coupe, le micro reste ouvert.

Opératrice CROSS : Ah ben, si t'entends pas, tu ne seras pas sauvé, ça te fera les pieds. Tu as les pieds dans l'eau ? Bah je ne t'ai pas demandé de partir.

De 3 h 31 à 3 h 41

Nouveaux appels de détresse des naufragés au CROSS Gris-Nez.

Mêmes appels au secours de Karim, mêmes réponses de l'opératrice.

Opératrice CROSS (alors que la ligne est coupée) : Les Anglais vont vite s'occuper d'eux parce que ça va me gonfler, là.

3 h 42

Nouvel appel entre le CROSS Gris-Nez et un garde-côte britannique.

Garde-côte britannique : Les passagers de *Migrant 7* ont rappelé pour expliquer qu'ils étaient dans l'eau.

Opératrice CROSS : Vous avez un bateau de secours pour eux ?

Garde-côte britannique : Nous avons un bateau, le *Valiant*, mais votre patrouilleur, le *Flamant*, est plus proche de leur localisation.

Opératrice CROSS : Ah non ! Le *Flamant* n'est pas sur eux.

Garde-côte britannique : Nous avons beaucoup d'appels de cette embarcation. Nous avons lancé un mayday. Le *Valiant* est à 14,5 kilomètres. Le bateau de migrants est dans nos eaux territoriales, mais le *Flamant* est plus proche. Surtout s'ils sont en train de couler.

Opératrice CROSS : Essayez d'accélérer. Combien de temps pour que vous soyez sur place ?

Garde-côte britannique : Trente-cinq à quarante minutes.

3 h 49

Nouvel appel du SAMU au CROSS Gris-Nez.

SAMU : *Migrant 7* nous appelle sans relâche. Intervenez le plus vite possible.

3 h 50

Nouvel appel des naufragés au CROSS Gris-Nez.

Karim : Pourquoi ne venez-vous pas ?

Opératrice CROSS : Le bateau de secours vient vers vous. OK ? Dans vingt ou trente minutes.

4 h 03

Nouvel appel de détresse des naufragés au CROSS Gris-Nez.

4 h 09

Nouvel appel de détresse des naufragés au CROSS Gris-Nez.

4 h 11

Nouvel appel des naufragés au CROSS Gris-Nez.

Opératrice CROSS : Vous devez attendre. Je ne sais pas dans combien de minutes. J'ai d'autres embarcations à aider.

Ligne coupée.

Opératrice CROSS (à un collègue) : Je vais lui sortir la phrase magique. Pas de localisation, pas de bateau de sauvetage.

4 h 11

Nouvel appel de détresse des naufragés au CROSS Gris-Nez.

Karim : Nous sommes dans l'eau ! Dépêchez-vous, nous sommes en train de mourir, nous sommes dans la mer !

Nouvel opérateur CROSS : Quel est le problème ? Arrête d'appuyer sur tous les boutons, il est con, lui.

Karim : Nous mourons... Nous n'avons pas Internet, envoyez un hélicoptère. Il fait si froid.

Des cris.

Nouvel opérateur CROSS : Nous n'avons pas votre position.

4 h 12

Appel du navire marchand le *Concerto*, interrogeant le CROSS sur la nécessité de venir en aide à un bateau pneumatique à l'arrêt qu'ils viennent de repérer.

Officier CROSS : Nous sommes au courant de la situation. Vous pouvez passer votre chemin.

4 h 22

Dix-huitième et dernier appel de détresse des naufragés au CROSS Gris-Nez.

Sixième et dernier envoi de position.

La communication est coupée.

5 heures

Dossier clos avec la mention « secouru ».

13 h 49

Un chalutier découvre quinze corps flottant en mer. Vingt-sept corps seront repêchés dans les eaux territoriales françaises. Seuls deux naufragés ont survécu, et un a été porté disparu.

Ni le *Valiant* anglais ni le *Flamant* français ne sont parvenus dans la zone de naufrage pendant la nuit. Les victimes étaient en majorité des familles kurdes irakiennes fuyant la guerre dans leur pays. La plus jeune avait sept ans.

*
* *

Le 27 novembre 2021

J'habite en Normandie, une petite commune au bord de la Manche, cette mer qui sépare deux pays, celui qui a inventé les droits de l'homme et celui qui a inventé la démocratie. Ce matin, lors de ma promenade sur le sentier des douaniers, je songeais aux vingt-sept corps repêchés en mer, hier après-midi. J'éprouvais un sentiment de malaise après avoir écouté en boucle les chaînes d'information en continu. Les passeurs, désignés par les politiques comme uniques responsables, me semblaient des coupables un peu trop faciles à détester. Les marchands d'armes ne provoquent pas les guerres, même si elles les enrichissent.

Je ne parvenais pas non plus totalement à en vouloir aux gardes-côtes français et anglais, malgré les comptes rendus édifiants publiés par la presse. Plusieurs embarcations ont tenté de traverser la Manche la nuit dernière, et sans doute les mêmes opérateurs ont-ils sauvé d'autres vies la veille, l'avant-veille, et ainsi depuis des mois.

À bien y réfléchir, une seule chose me choquait vraiment. L'indifférence. Ce constat que, dès demain, ces victimes seraient oubliées. Qu'un seul crime quelque part en France susciterait davantage d'émotion que vingt-sept étrangers morts noyés. Et que bientôt, quand le délai légal de compassion serait levé, certains oseraient exprimer publiquement le fond de leur pensée, et affirmer que ces migrants l'avaient bien cherché, qu'ils connaissaient les risques, et que leur mort servirait peut-être d'exemple pour dissuader de futurs candidats à la traversée.

Quand j'ai aperçu le corps, au pied des rochers, j'ai immédiatement compris.

La vingt-huitième victime.

Je me suis précipité. Je randonne depuis près de trente ans sur ce sentier des douaniers, mais jamais je n'avais croisé de noyé. Depuis le 6 juin 1944, je ne suis pas certain que la Manche ait déposé sur le sable de nouveaux cadavres.

Je me suis approché et j'ai cru défaillir.

Un corps d'enfant. Une fillette de dix ans.

À côté d'elle, dans une flaque d'eau abandonnée par la marée, flottaient un petit sac plastique et un stylo en or.

Je me suis assis sur les dunes. Je lis. Le carnet est à peine gondolé. *Didi* – son prénom est écrit sur la première page du cahier – avait appris à le fermer pour qu'aucune goutte ne puisse le mouiller.

Je tourne les pages, quelques dizaines, *Dahuk, Van, Ankara, Bursa, Haskovo, Sarajevo, Osijek, Maribor, Udine, Lyon, Orléans, Caen*... Et plus je lis, chapitre après chapitre, le récit de cette incroyable épopée, et plus j'en oublie ce corps noyé que, déjà, les pompiers commencent à emballer, plus je me persuade qu'un tel récit, écrit avec autant d'humour et de poésie, ne peut se terminer que par un twist, un rebondissement heureux...

Avant de lever les yeux, et de réaliser que, dans la vraie vie, il n'y pas de hasard miraculeux.

Je tourne une dernière page, presque blanche, presque illisible. Seuls quelques mots sont griffonnés, comme si Didi les avait écrits dans l'urgence, avant de partir, avant de refermer son cahier.

Je m'appelle Dilara, mais tout le monde m'appelle Didi.

Je suis née à Dahuk, dans le Kurdistan irakien.

J'ai traversé l'Europe à pied.

J'ai dix ans, enfin je les aurai demain.

J'ai un peu peur. Je n'ai pas réussi à dormir.

Mais pendant que je cherchais le sommeil, j'ai trouvé quelque chose d'important.

Êtes-vous capable de garder un secret ? Je sais enfin ce que je veux faire plus tard !

Je ne veux ni écrire le nouvel Harry Potter *ni gagner des milliards à la City. Je veux seulement inventer un moyen pour que plus jamais aucun enfant, aucune femme, aucun homme ne risque sa vie parce qu'il ne veut pas rester enfermé là où le hasard l'a posé, le jour où il est né. Je veux juste inventer une gomme magique qui efface toutes les frontières de la Terre.*

Maxime CHATTAM

22.

Maxime Chattam est l'un des maîtres du thriller français, dont l'imagination intarissable est régulièrement saluée par la presse. Auteur d'une œuvre foisonnante et protéiforme, traduit dans une vingtaine de pays, son dernier roman, *La Constance du prédateur*, paru en novembre 2022 chez Albin Michel, a reçu le Prix Babelio du Polar.

La Lincoln Continental cabriolet noire dominait l'asphalte sous le ciel lumineux de midi. Elle ne roulait pas dessus, elle le conquérait, l'écrasait. Pleine d'une assurance excessive.

Avant son apparition triomphale, il y avait eu la clameur générale.

Je me souviens des cris de joie, de fierté, ponctués de tentatives pour attirer l'attention. Puis, seulement, le bruit des moteurs. Le ronflement des voitures, la Lincoln en particulier, docile mais puissant, et également celui des motos, plus semblable à un clapotement rauque.

À dix ans, le ronronnement des motos fascine toujours un peu.

Pourtant, c'est l'empreinte de la Lincoln qui s'est gravée sur ma rétine. Sa masse. Cette certitude que rien ne pourrait l'arrêter. Parce que c'était un monstre d'acier rutilant, mais aussi parce que c'était la voiture du Président.

C'était lui que nous étions venus voir de nos propres yeux, apercevoir un bout de chair de notre bien-aimé et si distant président. Pour une famille comme la nôtre, habituée à l'odeur de la bouse, à la tiède giclée du lait qu'on presse du pis sous l'aube naissante, dont le seul contact avec l'extérieur se résumait à ce que le poste radio de la cuisine daignait crachoter comme informations, se rendre dans la grande ville relevait déjà du périple. Mais entrapercevoir l'homme le plus puissant du pays, de nos propres yeux, même fugacement, nourrirait les conversations auprès des voisins et de la famille pour les années à venir.

C'était le voyage d'une vie, pour mes parents.

Et soudain, *il* était là.

Bien réel. Une tache d'humain parmi la horde qui glissait lentement dans le virage. Les véhicules avançaient presque au ralenti. C'était à la fois si concret et, malgré tout, irréel. Cette impressionnante Lincoln encadrée de son escorte sans fin, miroitante dans le soleil plutôt vif de l'automne.

Le Président était là. À quelques mètres à peine. Le temps de se persuader que c'était lui, cette présence, à l'arrière de la voiture ouverte, et il passait devant nous.

Mes parents se sont resserrés autour de moi, inconsciemment, comme s'ils étaient trop petits pour l'événement. Lorsque la modestie finit par vous persuader que vous n'êtes pas digne des autres, des « grands » de ce monde.

J'ai été élevé ainsi, dans l'importance de ne jamais prendre trop de place. Se montrer discret, c'est se montrer respectueux. La lisière entre l'humilité et s'effacer totalement est ténue, croyez-en mon expérience, j'ai mis une vie à trouver le point d'équilibre.

22.

Je revois ma mère, des brins d'herbe incrustés dans les manches de sa robe rouge – nous nous étions allongés sur l'esplanade derrière, pour attendre, avant de venir nous coller sur le bord de la route. Sa main en visière sur ses sourcils, pour espérer mieux voir. Mon père à côté, sa veste à l'épaule, fier, son autre main enroulée sur mon bras. J'avais passé de longues minutes, tôt ce matin-là, à me peigner, à tracer le sillon parfait de la raie, vers la gauche bien entendu, comme s'il y avait une chance que le Président puisse me voir, et le remarquer. Qu'il se dise que ce petit garçon était méticuleusement bien coiffé, engagé, et qu'il puisse s'enorgueillir de sa jeunesse. J'avais enfilé une tenue prêtée par le fils du pasteur, impeccable, et je me tenais droit comme la justice, pour faire honneur à mon père et ma mère, ainsi qu'à mon pays.

Nous étions une peinture.

Une toile vibrante dans la brise de novembre, aux couleurs saturées, à la composition savamment étudiée pour raconter une belle histoire de la famille américaine parfaite.

Une peinture sur laquelle on jette brusquement un bidon entier de térébenthine.

A posteriori, on nous a expliqué qu'il y en avait eu trois, mais je ne me souviens que d'une seule. La première détonation, je crois que personne ne l'a vraiment entendue, elle s'est noyée dans la pétarade des moteurs. Pourtant, à cet instant, le Président baissait déjà la tête, touché.

La deuxième, je l'ai *vue*. Elle s'est incarnée dans la joue du Président. Une explosion rose. De la couleur de mon innocence qui se vaporisait en une fraction de seconde dans l'atmosphère.

La troisième n'est qu'un écho dans ma mémoire, désynchronisé de toute action. Je suis incapable de la placer dans la temporalité de ce moment, juste une déflagration qui revient, encore aujourd'hui, parfois, me réveiller en pleine nuit. J'ouvre alors les yeux, je n'ai aucune rémanence du moindre rêve, juste la traîne de ce claquement, et la certitude que c'est bien elle, la même que celle que j'ai entendue ce 22 novembre.

La suite est plus confuse. Mon père qui nous bouscule, nous tombons dans l'herbe, son corps lourd qui se cambre au-dessus de nous, comme s'il avait le pouvoir d'arrêter les balles. Ensuite je pense que j'étais sous le choc, car se succèdent un tourbillon de vêtements qui s'agitent, un sentiment de peur et d'incompréhension, et le visage de ma mère qui me fixe, avec ses nouvelles taches de rousseur vermillon.

Ce n'est que des années plus tard que j'ai compris que c'était le Président qui les lui avait faites. À vrai dire, c'était le Président en personne, là, moucheté sur ma mère, jusque sur ses paupières et sur ses lèvres.

Je pense que c'est pour ça que je n'ai plus jamais vu mon père embrasser ma mère après ce jour.

Des décennies plus tard, rien ne s'est estompé de ce midi dans ma mémoire pourtant devenue friable. En particulier les 22 de chaque mois, pas seulement de novembre.

Nous sommes un 22 aujourd'hui, c'est sans doute pour cela que je me sens obligé de l'évoquer tandis que je traverse l'allée principale du centre commercial, mon sac en papier à la main. Autrefois, on trouvait des opticiens partout en ville. Désormais, il faut venir ici, dans cet immense cube de métal et de verre où sont rassemblées toutes les chaînes qui forment l'essentiel des négoces de l'Amérique. Fini, les petits commerçants, les artisans indépendants qui donnent à leur boutique leur nom, maintenant, ils s'appellent tous de la même manière, ils sont tous identiques, avec le même logo, le même discours formaté, le même assujettissement à la volonté des actionnaires, et tous agglomérés dans la même ruche, pour mieux vous cerner, vous acculer et vous posséder.

Je discours comme un vieux schnock, ce que je suis devenu, je ne me fais aucune illusion. Techniquement, je ne suis pas si âgé pour les critères modernes, enfin je crois. Mais dans ma perception de moi-même, et surtout de mon environnement, je pense que j'ai dépassé la date de consommation, et on a véritablement l'âge de ses pensées.

Un vieux schnock avec une nouvelle paire de lunettes adaptée à sa vue, et qui n'a qu'une envie : rejoindre au plus vite sa voiture sur le parking, pour quitter ce sanctuaire de la marchandisation de l'âme humaine.

Et pour pouvoir vite rentrer pisser à la maison.

Je déteste les toilettes de ce genre d'endroit. Elles empestent le parfum. Ils en mettent tellement, comme si ce qui sort de l'homme était si abominable qu'il fallait à tout prix saturer les muqueuses de fragrances synthétiques qui vous assomment.

Et si je suis parfaitement honnête, c'est surtout que je suis vieux. Et que j'ai besoin de mon confort. Mes habitudes. Même pour pisser.

L'âge, c'est la dignité qui s'écaille jusqu'à ce qu'il ne reste plus que la résignation.

Encore cinquante mètres, et au kiosque où les jeunes rechargent leurs téléphones, à droite, puis les Escalator et en bas le hall vers le pâturage des quatre-roues. J'y suis presque.

Je n'avais pas prêté attention à la date ce matin, avec le temps, je ne suis plus aussi à cheval qu'avant sur l'agenda, il m'arrive même de ne pas savoir quel jour on est. Mais je suis passé devant l'un de ces écrans géants qu'ils collent partout, pour bien nous encercler de leur obsession, nous gaver d'informations, et c'était écrit en gros chiffres, juste sous les images de Trump qui sort d'un avion. Le 22.

Trump m'a donc projeté jusqu'à Kennedy.

C'est cruel, comme une courte association impose parfois l'évidence. J'ai aussitôt songé que j'avais fait mon temps. Je n'étais plus adapté à ce monde. Comme chaque gamin y est prédestiné, j'étais devenu, en un claquement de doigts, un vieillard dépassé, et c'étaient deux présidents qui me révélaient combien mon monde avait disparu. Combien celui-ci avait une logique qui m'échappait.

Sur l'écran, Poutine avait succédé à Trump, puis d'autres gars du même acabit, au Brésil, en Chine, en Europe… Si le monde entier filait dans la même direction, c'était bien la preuve que les gens savaient ce qu'ils faisaient, non ? Et que c'était moi qui ne suivais plus. Ces jeunes si vigoureux, si sûrs d'eux, ne pouvaient se tromper. J'ai souvent lu qu'on accusait les cheveux blancs de mal voter, je peux dire que je réfute cet argument, me concernant. Jamais avec la peur. Rien qu'avec l'espoir. Mais, moi, au moins, je vote.

Je soupire dans l'allée, et je me surprends à même secouer la tête.

Oui. Je suis juste un vieux schnock à la péremption évidente, assurément.

La première – à croire que les premières sont toujours timides, pas encore affirmées – a fait comme celle de Dealey Plaza : personne n'a vraiment réalisé ni franchement bien entendu. L'esprit lui trouve mille excuses pour ne pas être ce qu'elle est réellement. Il invente des options plus rassurantes. Quelque chose qui est tombé ou qui s'est cassé, d'un coup sec.

C'est avec la deuxième que les yeux se sont levés du sol qu'ils fixaient ou des écrans de téléphones. La deuxième ralentit le temps. Elle fige. C'est la sidération. Les excuses foireuses que l'esprit a tenté d'imaginer pour la première s'effondrent brusquement. Et l'esprit comprend.

À la troisième, le temps perdu se rattrape en une seconde. Et tout le monde hurle et se met à courir. Dans tous les sens. Depuis l'allée centrale du centre commercial, cela se transforme soudainement en une vaste chorégraphie du chaos.

Les suivantes sont trop nombreuses pour garder le compte, et trop rapprochées pour avoir encore la volonté de le faire. *Ta-ta-ta-ta-ta !*

C'est de la rage auditive pure, projetée avec le désir, non, le *besoin* létal de la faire pénétrer dans l'autre. Jusqu'à ce qu'il en explose. Littéralement. Sur le coup.

Et dans ce monde qui va décidément trop vite, je ne peux suivre. Je reste là, immobile, sous les néons et les enseignes qui clignotent, tandis que toutes et tous se croisent autour de moi. Je serre mon paquet que je viens de remonter instinctivement contre ma poitrine, comme si mes nouvelles lunettes pouvaient me sauver la vie.

Parce qu'en cet instant, je ne veux plus la quitter. Pas maintenant. Pas comme ça.

La panique de la foule réveille le gamin de dix ans en moi, et je me prends à guetter la silhouette en robe rouge de ma mère. Aura-t-elle les mêmes taches de rousseur que ce jour de novembre ? Une boule se forme dans mon estomac lorsque je réalise que le gamin de dix ans en moi cherche surtout la silhouette protectrice de mon père. Pour qu'il me jette au sol, qu'il me couvre de son instinct paternel, charnel, et que le danger passe.

Lorsque j'avais dix ans, il y a eu trois coups de feu, dit-on.

Ta-ta-ta-ta-ta !

Depuis, il y a eu une lourde inflation sur la violence aussi, dirais-je si je faisais du mauvais esprit.

Les détonations résonnent différemment des premières. Je comprends que le tireur a bougé, bien que je sois incapable de déterminer s'il s'est rapproché ou éloigné. Mais je lis la terreur sur les visages qui fusent devant moi. Et je remarque qu'il y en a d'autres qui ne s'enfuient pas, ils se sont réfugiés sous des tables, derrière des présentoirs ou dans le fond des boutiques.

22.

Je vois une femme qui ressemble beaucoup à la mienne avant qu'elle ne tombe malade. Un gars qui pourrait être mon fils. Une fille, jeune, accroupie devant sa poussette renversée et qui serre contre elle son bébé qui écarquille les yeux, les deux se fixent dans l'incompréhension.

Quelque chose qui relève probablement de la psychanalyse de beuverie me fait penser qu'ici se rejoue le traumatisme de mes dix ans et sa solution. La confusion qui a suivi. Le choc de ce que j'ai vécu ce jour, de ce que j'ai *subi*.

Et mes pieds s'emballent, avec ce que mon âge implique d'emballement, soyons lucide, soit bien assez de temps pour réaliser que j'avance.

Pas dans la bonne direction.

J'ignore où se trouve le tireur, mais ce qui est certain, c'est que je ne m'en écarte pas.

Ta-ta-ta !

Il a diminué la cadence. Mais pas l'impact. Les cris sont moins nombreux, mais plus désespérés. La foule s'est disloquée, elle est en partie dehors, mais aussi et surtout dispersée partout où elle peut autour de moi, tremblante, en larmes, hébétée, en prière ou implorant leur père ou leur mère de venir à leur secours.

Et je sais qu'ils ne viendront pas. Pas assez vite. Et ce taré a encore beaucoup de rage en réserve.

Mes hanches ont pris le rythme, elles accélèrent. Je vais à contresens des rares qui osent encore se déplacer. Je remonte le courant.

Et je vois les premiers stigmates de la folie de cet enfoiré. Le kiosque où des grappes de jeunes rechargeaient leur portable est percé de trous qui fument encore.

Pire, il y a des nuages carmin sur le sol en résine blanc. Un ciel de violence qui s'étend vers l'horizon. Jusqu'aux chaises renversées. Jusqu'aux masses étalées entre, parfois dans des positions grotesques.

Une pensée saugrenue me vient.

Il ne manquait qu'une enseigne au temple du consumérisme. Celle de la mort. C'est à présent corrigé.

Je n'arrive même pas à m'en vouloir d'être aussi cynique, je ne suis plus apte à ça.

Je ne ralentis pas.

J'ignore ce qui me prend. Ça n'a pas de sens. Je n'ai aucune chance, mais je suis incapable de laisser faire. Je me raconte que c'est mon éducation avant de rectifier : c'est inscrit dans ma mémoire. Dans ce qui m'a construit, enfant. Dans mon fonctionnement d'adulte. Je dois.

Ta-ta-ta-ta !

Il est plus loin. Peut-être en bas des Escalator, désormais. Il se déplace. Il va tirer dans tous ceux qui voudront sortir par là, et ils doivent être nombreux.

Et je me souviens. Dans tout le mal que j'ai pensé de cet endroit en arrivant dans l'antre des marques, ce que j'y ai vu.

L'armurerie en haut de la mezzanine, sur la droite.

Notre nation si prompte à alimenter son peuple en armes, à le biberonner à coups de gros calibres, a besoin de stocks pour se faire. Je file dans cette direction, entre amertume et ironie.

22.

L'une comme l'autre me saisissent avec une force plus grande encore lorsque j'arrive devant le magasin.

Le responsable a eu le réflexe de tirer immédiatement le rideau de fer devant l'entrée. L'enfoiré s'est barricadé.

Il est illusoire d'espérer une quelconque aide de sa part, s'il avait eu la trempe de ceux qui se racontent en héros, il serait déjà sorti avec un de ses beaux bébés pour sauver des vies. Je regarde autour de moi. Rien que des ombres qui cherchent à s'enfoncer dans le moindre recoin. Je l'ai mauvaise : dans un pays où il y a plus d'armes en circulation que d'habitants, où n'importe quel déséquilibré n'a qu'à se baisser pour en récupérer une, moi je n'en trouve pas le jour où elle me serait vraiment utile.

Mes poings se serrent, et je constate que je tiens encore le sac en papier contenant mes lunettes neuves. Je doute de leur utilité face au tireur, à moins qu'elles ne lui permettent de voir clair sur ce qu'il fait, ce qu'il est.

Ta-ta-ta !

Les tirs vibrent contre les murs jusqu'à faire tinter la verrière au-dessus de moi. Il est juste en bas, sous la mezzanine.

Je m'interroge alors sur ses traumas. Quels sont-ils pour muer un homme en tueur ? Que s'est-il passé pour qu'au moment crucial de son existence il ait choisi d'être le bras de la mort ?

Ma main gauche saisit le ruban caoutchouteux de l'Escalator et je descends, lentement, porté par une mécanique personnelle que je ne veux plus saisir. C'est trop tard.

En bas, dans le hall, je les vois. Une dizaine au moins. Auréolés de l'encre rouge de l'injustice qui dessine des mots barbares. Chaque flaque de sang est une insulte. À la raison. À l'espoir. À la vie.

Plus je descends, plus l'odeur me parvient. Celle de la poudre, provocante. Puis celle du fer, intolérable.

Et dans un halo de médiocrité, il apparaît, entre deux écrans géants qui diffusent des pubs de bagnoles d'un côté et de malbouffe de l'autre.

Son arme le grandit, car elle lui donne un pouvoir absolu. Les hommes ont construit les armes à feu pour se rapprocher de Dieu. Et ils en ont inondé le monde pour le rapprocher de l'enfer.

Il me toise et je devine qu'il ne comprend pas.

Ce vieillard qui glisse, imperturbable, vers lui, son sac en papier dans une main, l'autre sur la rambarde de l'Escalator, et qui le fixe.

Il marche lentement vers moi, stupéfait, le canon braqué vers les cieux qu'il menace de sa bêtise.

J'entends à présent le roulis mécanique qui me porte. Il me fait alors penser à l'ultime horloge de mon existence. Chaque cliquetis me conduit plus près de la fin.

Je suis de plus en plus bas. Et le tireur me paraît de plus en plus petit.

Ridicule.

Sinon ce prolongement noir qui le rend si dangereux. Si sûr de lui.

Tout ressemble à un jeu, pour lui.

Sa tignasse blonde est ramassée sous une casquette de base-ball. Ses yeux sont noisette. Je m'attendais à ce qu'ils soient vides, mais ce n'est pas le cas.

Au contraire, il y a des émotions dedans, beaucoup. Une forme de jubilation.

Cet individu a *choisi* la destruction. J'en ai la conviction. Ce n'est même pas une coquille vide qui s'est égarée parce qu'elle a trouvé une arme par hasard. C'est délibéré. C'est prémédité. Il veut faire de cette terre son champ de guerre.

Je suis en bas. Face à lui.

Et il me sourit. Pour de vrai. Sans se moquer, un beau sourire franc.

Les mots qui sortent de ses lèvres sèches me paraissent lointains tant ils dissonent avec ce qui se passe :

— Va-t'en, papy. C'est pas ton jour.

Je ne l'ai jamais vu de ma vie. Je suis si proche, je sais que je dois faire quelque chose, que je dois profiter de cette faille pour me jeter sur lui, pour tout arrêter, mais j'en suis incapable. Paralysé par l'incompréhension.

Ce monde n'est plus le mien. C'est la seule explication.

Comme je ne bouge pas, sa clémence se mue en exaspération. Son sourire s'oublie aussitôt, et une grimace de dégoût le remplace.

Je vois l'arme descendre. Le canon basculer vers moi.

Le tireur a des taches de rousseur. Beaucoup. Comme ma mère.

L'œil de la mort est parfaitement rond. Il est chaud, je peux le sentir face à moi, et il est d'un noir profond, comme l'âme de ce garçon.

Ni ma mère ni mon père ne sont plus sur cette terre, et ni l'un ni l'autre ne viendront me sauver.

Au loin, j'entends les râles des blessés. Les pleurs des survivants qui attendent leur destin, résignés.

Je peux être la mère qu'ils implorent. Je peux être le père qui les sauve.

La sidération s'envole.

J'empoigne le canon, et de l'autre main je saisis le tireur par la gorge. Je suis un vieil homme. Mais j'ai encore un peu de grip à présent que l'adrénaline inonde mes artères. Nous basculons. Nous roulons. Tout vacille, mon corps craque, je perds tout repère, sinon que je le maintiens contre moi de toutes mes forces.

La *première* détonation est toujours timide, distante.

La *dernière* est tout le contraire. D'une évidence douloureuse. Elle vous pénètre avec la brutalité de celle qui sait.

Elle sait avant vous. Tout.

Je n'entends plus rien, juste l'aiguillon sifflant du coup de feu dans mes tympans, il brouille le reste. Et je sens que j'ai mal. J'ignore encore où. Ah, je suis trempé. Sur le ventre.

Mon cœur se met à retentir en moi, comme un gong funeste épileptique, il cogne fort. Très fort. Et puis soudain beaucoup moins.

Je cherche à respirer mais chaque lampée est insuffisante.

Je vois le tireur qui se redresse, chancelant. Son visage est couvert de rouge. Mais cela n'efface en rien ce qu'il est.

Ni ne me rassure en cet instant de lucidité finale.

Je sais ce qui se passe. Ce qui m'attend. Du moins dans les prochaines secondes. Je roule sur le côté pour découvrir mon sac en papier. C'est idiot, pourtant je tends la main pour l'attraper et le tirer contre moi. Je suis venu ici pour ça, j'en partirai avec. On ne laisse pas traîner ses affaires, m'a toujours répété ma mère.

Le papier s'imbibe aussitôt de moi. Et je vois mon sang, sur le sol, s'éloigner de ma peau qui ne retient plus rien. Ma tête est lourde, je la pose. Tout est renversé.

Je ferme les paupières. C'est mieux ainsi. Je réalise que je ne respire plus. Même mon cœur ne tambourine plus.

C'est terminé.

Oui, c'est mieux ainsi.

Je ne suis plus de ce monde-ci, je n'ai plus de regrets tant il me dépasse.

Je ne le veux plus.

Je pars avec le visage du tireur en mémoire. Je n'arrive toujours pas à accepter ce que j'ai vu.

C'est un gosse.

Il a dix ans. Vraiment dix ans. Pas une ride de plus.

Son nihilisme devient le mien. Je ne sens plus rien. Plus même le froid du sol sur ma joue. Je m'éteins.

J'entends alors les moteurs qui approchent. Une force tranquille qui vient vers moi. Le clapot rauque des motos. Et surtout le ronronnement de la Lincoln.

Nous sommes le 22.

J'ai dix ans.

Moi aussi. Et je suis de nouveau plein d'espoirs.

François D'EPENOUX

69, année fatidique

François d'Epenoux a publié une douzaine d'ouvrages dont deux ont été adaptés au cinéma : *Deux jours à tuer* et *Les Papas du dimanche*. En 2014, son ouvrage *Le Réveil du cœur* a été couronné par le Prix Maison de la Presse. Son dernier roman, *Le Roi-nu-pieds*, paru aux Éditions Anne Carrière en janvier 2023, a fait partie de la sélection pour le Prix Ouest.

Trois quarts d'heure que j'attends au bureau des demandes. Sur mon ticket, le numéro 654. Le 638 vient d'être appelé. À l'énoncé de son nom, un monsieur s'est levé, l'air las et docile. La bonne soixantaine, comme moi, comme tous ceux qui patientent dans cette salle d'attente. On se croirait à la Sécurité sociale, ou dans un centre des impôts, ou, par certains aspects, dans un organisme de crédit pour cadres moyens surendettés. Au sol, du carrelage flammé. Près de la porte, une plante verte. Au mur, des affiches : *Le temps, c'est de l'argent*, *Pensez à vos enfants*, *Donnez-vous à vos proches*.

C'est mon tour. L'une des portes s'ouvre, une femme apparaît. Grande, avenante. J'ai de la chance. Elle balaie des yeux la petite assemblée et lance à la cantonade :

— 654 !

Je me lève, heureux, pour une fois, d'être un numéro.

— À nous ! me lance-t-elle avant de s'engouffrer dans son bureau.

En prenant place, elle me désigne la chaise qui lui fait face.

— Installez-vous…

Je ne me fais pas prier. Elle est brune, belle, la cinquantaine bien entamée, douce et souriante. Françoise Fabian, quelques réveillons après *La Bonne Année*, de Claude Lelouch. Au coin des yeux, elle a les pattes-d'oie de celles qui sourient souvent. J'aimerais être Lino Ventura, tout d'une pièce, force brute, comme dans le film. Je suis juste un type intimidé, et troublé. Je remarque qu'il y a un mug fumant sur son bureau. Du thé, sans doute. Cette vision m'apaise.

— On va commencer par le début. Votre nom et votre prénom, s'il vous plaît.

— François d'Epenoux. Pardon, d'Epenoux François.

— Vous avez envoyé votre formulaire de candidature en ligne ?

— Oui oui… C'est bien une candidature sans engagement, n'est-ce pas ?

— Absolument. Une minute, je vous cherche.

Elle me *cherche*, le visage tourné vers son écran, ses doigts de concertiste pianotant sur le clavier par staccatos gracieux. Merci les méandres de l'informatique, qui me laissent tout le loisir de la contempler, de trois quarts. Elle porte un pull en V à même la peau, rose pâle, très échancré aux épaules, révélant l'exquise fossette creusée à la base du cou par la clavicule. Ah, la clavicule. Sous ce nom un peu clinique se cache une « petite clé », en latin, que nul ne saurait négliger tant elle peut ouvrir de possibles. Qui n'a pas vu des cheveux balayer cette zone secrète, s'accrocher une fraction de seconde à cet infime relief, ne sait pas ce qu'est la délicatesse.

— Ah, ça y est, je vous ai trouvé.

C'est réciproque. Elle poursuit :

— Né le 26 octobre 1963 à Marseille, domicile actuel : 12, rue des Volontaires, 75015 Paris. C'est exact ?

— Oui.

— Bien… Si vous êtes ici, c'est que vous connaissez le principe des ECS, attaque-t-elle sans détour en plantant ses yeux verts dans les miens.

— J'ai lu le site… mais je vous avoue que ça reste assez flou dans ma tête.

— Je comprends. Alors on récapitule. Comme vous le savez, le débat sur les retraites de 2023 a généré la révolution qui a suivi l'année suivante. Pour de bonnes ou de mauvaises raisons, ce n'est pas à moi d'en juger. C'était il y a neuf ans déjà, mais c'est encore dans tous les esprits. Forts de cette expérience, et pour offrir désormais à chacun une totale liberté de choix, les gouvernements qui ont suivi ont donc opté pour une nouvelle disposition, elle aussi révolutionnaire : permettre à chaque citoyenne ou citoyen français de partir à soixante-neuf ans, moyennant le versement d'ECS à ses ayants droit.

— Partir ?

— Partir, oui. Pour de bon. Pour l'au-delà, si vous préférez.

— Euthanasié ?

— Nous, nous préférons dire : « endormi pour toujours ».

— Et les ECS, qu'est-ce que c'est ?

— Équivalents Charges Seniors. Nous reversons à vos héritiers ce que vous ne coûterez pas en charges à la société grâce à votre départ… volontaire. C'est une belle somme. Comme vous le savez, les personnes âgées, ça coûte cher.

— C'est donc bien ce que j'avais compris. Mais qu'est-ce qu'on y gagne ? Je veux dire, par rapport au fait de rester en vie ?

— Zéro droit de succession. Au lieu de 80 % en cas de choix de mort naturelle.

— Et ça se fait comment ?

— Par virement, avec une répartition variant selon le nombre de personnes bénéficiaires.

— Et quand ?

— Juste après votre endormissement.

Un ange passe. Elle connaît le laïus sur le bout de ses doigts, lesquels continuent de courir par saccades impromptues sur le clavier de l'ordinateur. Ce professionnalisme détaché cadre mal avec l'attirance incroyable qu'exerce cette femme sur moi. Il me semble que je dois dire quelque chose, ne serait-ce que pour dissiper un silence qui ne gêne apparemment que moi :

— Je me demandais… pourquoi soixante-neuf ans ?

— C'est une convention arrêtée par l'État. Cela correspond à la période de dix ans précédant l'âge moyen d'espérance de vie. Soixante-dix-neuf ans pour les hommes, quatre-vingt-cinq ans pour les femmes. Ici, on est dans la section hommes, alors c'est soixante-neuf.

— 69… année fatidique, fredonné-je avec l'accent de Jane Birkin, reprenant la fameuse mélodie de Gainsbourg.

Elle me concède un sourire gentil, que j'aurais voulu crapuleux. Il n'en est rien. Je déglutis avec l'impression d'avoir à avaler une boule de pétanque.

— Bref, j'ai l'âge requis. Pile dix ans avant le couperet statistique.

— C'est justement la raison pour laquelle vous avez reçu un mail.

— Je vois…

Sur une légère impulsion du pied, elle vient de faire reculer son fauteuil à roulettes. En appui sur le dossier, les mains croisées sous la poitrine, elle me regarde attentivement. Je devine qu'il s'agit là du moment un peu dramatique de la séance. Elle pose une jambe sur l'autre, son talon en suspens se balançant un peu, puis elle fait doucement pivoter son siège de droite à gauche. Ravissant manège.

— J'ai combien de temps pour réfléchir ?

— Vous pouvez donner votre réponse la veille de vos soixante-dix ans. Ensuite, c'est trop tard.

Sur ces paroles définitives, elle saisit délicatement son mug par l'anse et le porte à sa bouche pour y tremper les lèvres. Elle ne le repose pas. Elle le garde contre elle, entre ses paumes, comme une petite bouillotte, pour s'en réchauffer.

— J'ai encore quelques semaines pour faire le tour de la question, alors…

J'ai dit ça pour la forme. Sur le fond, ça se complique. Est-ce son mug bien chaud, fumant, serré contre son pull ? Il émane de ma belle conseillère une chaleur douillette, rassurante, maternelle.

Elle doit posséder une maison à la campagne, pas forcément grande mais à son image, chaleureuse, avec une cheminée, plein de vieux bouquins, un vieux Chesterfield craquelé avec un plaid dessus, et sur le plaid, un chat. Dans l'instant, je m'imagine rentrer en courant avec elle d'une promenade sous la pluie. Nous n'avons pas trouvé de cèpes, mais c'était beau, cette forêt d'automne, et puis nous avons couru, surpris par l'orage, et maintenant nous allons mettre des vêtements secs, allumer un bon feu, nous préparer un thé, lire près de la flambée, et elle sera calée contre le dossier de cuir, et j'aurai la tête posée sur ses cuisses, et la flambée crépitera, le chat ronronnera et de nos mugs brûlants monteront des volutes de fumée parfumée. Nos mugs. Son mug. Je reviens sur terre.

— Alors ? me lance-t-elle amusée, sûrement devant mon air distrait.

Pas de pluie. Pas de feu. Pas de chat. Pas d'orage. Mais un coup de foudre, peut-être. Absurde, incongru en ces lieux. Qui peut prévoir une telle zébrure dans le ciel ?

— Eh bien… euh…

— Oui ?

Je reprends mes esprits.

— J'avoue que je suis quand même un peu pris de court, là… pardon mais c'est un peu *Soleil vert*, votre truc…

Soleil vert. Rien que ça. La surpopulation. Les révoltes. La police. La foule soulevée à la tractopelle. Charlton Heston en sueur. Le vieillard en larmes, contemplant pour la dernière fois le monde tel qu'il était avant. À l'évocation du classique de Richard

Fleischer, dont chaque plan m'avait bouleversé enfant, elle a une moue entendue.

— On nous dit souvent ça. Mais je vous rassure, vous n'allez pas être transformé en biscuit couleur épinard dans une grande usine cachée des regards. Vous aurez une belle tombe. Avec une cérémonie. Et vous serez enterré dans un cimetière d'État. Entouré de vos proches intégralement invités – du moins les proches bénéficiaires de vos ECS. Pour les autres, c'est à la charge de la famille.

— C'est précis.

— C'est dans le contrat. Cela dit…

— Oui ?

— Si vous tenez vraiment à ce qu'on vous passe des films avec des torrents de montagne sur fond de *Symphonie Pastorale*, on doit pouvoir arranger ça !

Elle éclate de rire, et le pire, c'est que je ne lui en veux pas. C'est innocent, insouciant, joli. Secoué par tant d'hilarité, un peu de thé déborde de son mug.

— Oups…

Elle le repose aussitôt, se redresse et, du dos de la main, assèche vivement la maille humectée. Quelque chose de rebondi et de voluptueux, tapi là sous la laine comme un petit animal, accueille ce mouvement. Ça aussi, c'est joli.

— Excusez-moi… dit-elle, le visage toujours baissé.

— Je vous en prie. Nous en étions à Beethoven. Et aux torrents.

— Ah oui. Aux torrents. De montagne. Ou de thé, je ne sais plus…

— Je n'osais pas le dire.

Elle apprécie la connivence et porte de nouveau le mug à sa bouche tout en me regardant, sourcils levés. Alors qu'elles s'apprêtent à aspirer une gorgée, ses lèvres, en s'avançant vers le rebord et dans le O qu'elles forment, ressemblent à s'y méprendre à l'ébauche d'un baiser. Voilé par les volutes de fumée, son visage a tout d'une divinité encensée. J'essaie de temporiser :

— Vous parliez d'un contrat…

— Oui, tout est prévu. C'est du sérieux, croyez-moi. C'est quand même une question…

— … de vie ou de mort.

Elle sourit, franchement cette fois, puis se reprend :

— C'est le mot.

Je toussote, histoire de me donner une contenance. Elle n'en est pas dupe. Me reste à espérer qu'elle trouve cette diversion maladroite et touchante. Je continue :

— Et il y a… comment dirais-je… des pièces à fournir ?

— Les pièces classiques. Carte d'identité ou passeport.

— Un passeport pour l'au-delà ?

Elle paraît soudain attendrie.

— Eh oui…

— Autre chose ?

— Un dossier médical complet. Je suis navrée, mais c'est la procédure. Obligatoire pour que vos ayants droit touchent l'intégralité de vos Équivalents Charges Seniors.

— Mais pourquoi un dossier médical ?

— Pour être sûr que vous n'êtes pas atteint d'une maladie grave. Ce qui fausserait tout. Récemment, l'une de mes collègues est tombée sur un cas. Un candidat s'est pointé, comme par enchantement, très pressé de remplir son dossier. Un dossier un peu trop beau pour être vrai. Un peu suspect, quoi. Nos services ont enquêté, le type était atteint d'un cancer incurable. Phase terminale.

— Vous voulez dire…

— Que dans ce genre de cas, c'est un peu de la triche de demander dix ans d'ECS. Puisque de toute façon, on est condamné.

— Eh oui, forcément… foutu pour foutu… Cynique, mais logique.

Elle a dû remarquer ma mine dépitée. C'est la voix légèrement altérée qu'elle poursuit :

— Je vous dis ça… ce n'est pas contre lui. Entre nous, je me fais un peu l'avocate du diable. Après tout, ce monsieur, il a tenté sa chance… J'aurais peut-être fait pareil.

— Moi aussi… entre nous.

Là, c'est elle qui a l'air perturbée. Elle se rattrape à la première branche qui se présente à elle.

— Et… toujours entre nous, bien sûr… pourquoi voudriez-vous partir ?

— Voudriez ? Vous pouvez oublier le conditionnel. C'est tout réfléchi.

Gagné. Malgré ses années de métier, elle est prise de court. Et même estomaquée, pour tout dire. Elle en avale un peu de travers, repose son mug.

— Ah bon ?

— Oui.

— Et vous voyez ça comment ?

— Eh bien… je vais suivre votre protocole… avaler votre pilule, ou votre produit, là… comme une aspirine… puis il y aura le dernier battement de cœur après tant de battements de cœur, des milliards de battements de cœur… le dernier souffle après tant de souffles, des milliards de souffles… et ce sera fini. Un grand voile noir sera jeté sur moi, comme sur un meuble qui ne doit pas prendre la poussière. Et voilà. Rideau.

— C'est gai…

— Je sais.

— C'est drôle parce que… Enfin, ce n'est pas le mot, mais… c'est drôle parce que tout à l'heure, vous sembliez un peu…

— Hésitant ? En fait, pas tant que ça. Dans les grandes lignes, je savais à quoi m'attendre. J'ai eu le temps d'y penser, avant de venir ici.

— Ah bon…

Je suis aux anges. Ce n'est plus le « Ah bon ? » interrogatif qui précédait. C'est un « Ah bon » un rien fataliste. Un rien déçu. Voire un peu triste, qui sait.

— Et… qu'est-ce qui motiverait cette décision de grand départ ?

— C'est facile : tout. Le monde tel qu'il est. Le monde tel qu'il va. On n'entend plus les oiseaux dans les bois. Bientôt, il n'y aura plus d'éléphants. Plus de neige en haut du Kilimandjaro. Ni sur le mont Fuji. Plus de coraux. Plus de mer de Glace. Plus rien. Rien que des humains. L'horreur. Le nez dans leurs écrans. Décérébrés. Mal élevés. En guerre. Âpres aux gains. Désespérants. Je ne veux pas voir l'avenir. Il ne m'intéresse pas.

— Vu sous cet angle… Mais vous pourriez voyager, par exemple… non ?

— J'aurais adoré, sauf que c'est trop tard. Il n'y a plus rien à voir. Que des forêts calcinées, des koalas brûlés, des lacs asséchés, des plages plastifiées, des pôles fondus, des côtes grignotées, des îles submergées. La planète est une assiette sale. Vivement le grand rinçage.

Elle paraît prise au dépourvu. En même temps que son thé, elle boit le calice jusqu'à la lie, gorgée par gorgée.

— Et vos enfants ?

— Ils habitent à l'étranger, on ne se voit jamais. Mais j'aimerais leur laisser un petit quelque chose, pour les aider à démarrer. Dix ans d'ECS, ce serait un bon début.

— Et votre femme ?

— On est divorcés.

— Et vos amis ?

— On ne se parle plus. Ils me trouvent déprimant.

Elle éclate de rire, de nouveau. Ravissants soubresauts.

— Franchement, on peut les comprendre !

— Et vous, vous les comprenez ?

— Moi, c'est différent… Déprimé ou pas, vous au moins, vous arrivez à me faire rire. Ça me change !

Je ne me lasse pas de l'observer. Elle doit posséder une petite voiture qui sent bon, elle doit la conduire vite, ses bracelets tintinnabulant quand elle passe les vitesses. Tellement envie de partir, là, maintenant, avec elle, chez elle, à la campagne. Il y a sûrement des bûches dans la cheminée, des bottes pour les invités, des bonnes conserves dans les placards, du vin plein la cave. Vivement.

— Et l'amour ?

— Hein ?

Je reste sans voix. La sienne s'est voilée. Elle attend.

— Eh oui : l'amour, vous en avez fait le tour ? Un battement de cœur de plus, ça ne vous tente pas ?

— J'ai adoré les femmes, mais c'est fini pour moi.

— Qu'est-ce que vous en savez ?

— Je le sais, voilà tout. Les femmes qui me plaisent, en tout cas.

Nouvelle gorgée, regard au-dessus du mug ; il n'y a sans doute presque plus de thé, dans le fond c'est tant mieux, ça abrégera mon supplice, et derrière la porte, l'attente du numéro 655. J'ai l'impression d'être à l'école, ou au confessionnal, ou chez le psy, ou chez ma meilleure amie. Elle déglutit à son tour.

— Racontez-moi, alors… elles sont comment, les femmes qui vous plaisent ?

— Eh bien… ce sont des femmes…

— Allez, donnez-moi un exemple, ça m'aidera.

Rien à perdre. Rien à foutre.

— Ce sont des femmes un peu comme vous.

C'est sorti tout seul. Elle l'a bien cherché, après tout. Je m'en veux aussitôt. Elle ne dit rien.

— Un peu comme moi ?

— *Beaucoup* comme vous.

Elle rougit, mal à l'aise mais flattée.

— Pardonnez-moi. J'ai été maladroit.

— Ne vous excusez pas. C'était gentil.

Je sors les rames :

— Vous savez, à mon âge, on dit les choses. On n'a plus le temps. On a tendance à être direct.

Un long silence s'installe, prend ses aises, s'affale de tout son long dans la pièce, les pieds en éventail. Mon interlocutrice dissimule mal son embarras et fait mine de chercher quelque chose sur l'écran, dont elle s'est rapprochée. Ses doigts, encore si agiles il y a un quart d'heure, sont devenus fébriles. Il y a fort à parier que les fausses notes s'accumulent dans sa partition précipitée. À la base de son cou, ça palpite, ça frémit, ça tressaille. Sa respiration est plus rapide. Elle a un geste bref pour coincer une mèche derrière son oreille. Lorsqu'elle se décide enfin à se retourner vers moi, c'est sa voix qui, de nouveau, la trahit. Un peu fissurée.

— Je m'attendais à tout, sauf à ça.

— À quoi ?

— Eh bien… à ça. Parce que figurez-vous que… bref. Ce n'est pas le sujet.

Bien sûr, que c'est le sujet. Elle passe ses mains sur ses joues, comme on se rafraîchit le visage avec une eau pure, salvatrice, mais pour l'heure imaginaire. Elle tente de se ressaisir, de rester professionnelle, s'en remet à l'écran, ultime échappatoire.

— Bon, on fait quoi, alors ?

Son ton s'est fait plus dur, impatient.

— Pardon ?

— On fait quoi, avec votre dossier ? Vous tenez toujours à partir ? Pardon, à vous *endormir pour toujours*, comme il est écrit sur notre site ?

— J'avoue que je ne suis plus si sûr de moi.

Elle triomphe gentiment.

— Soyez gentil, avouez plutôt que vous n'êtes plus sûr de rien.

Ouf, le nuage est passé, et le soleil revenu. Elle a mille rayons au coin des yeux, et deux fines rides d'expression, de part et d'autre de sa bouche, viennent mettre ce moment entre parenthèses.

— Si vous le dites…

— Je vous le dis. Et je le répète : moi, je suis sûre que vous n'êtes plus sûr de rien.

Elle me regarde longuement, attentivement, comme le ferait une conseillère d'orientation devant un élève difficile mais attendrissant.

— Vous savez, poursuit-elle, des candidats, j'en vois toute la journée. Des désenchantés, des lucides, des désespérés, et même des suicidaires. J'ose dire que je commence à bien les connaître. À les percer à jour. Et je sais identifier au premier coup d'œil ceux qui ont encore plein de choses à vivre.

— Et dont je fais partie, manifestement.

— Oh, que oui.

— Comment vous le savez ?

— Écoutez… depuis que vous êtes dans ce bureau, vous pratiquez la méthode Coué. Vous cherchez à vous convaincre vous-même. L'avenir foutu. Vos enfants loin. Plus rien à faire ici-bas. Vous vous rendez malade pour rien. Cette maladie, je la connais.

La perche est très trop belle. Je la saisis aussitôt, cette fois en entonnant la célèbre chanson de Michel Sardou :

— « Elle court, elle court, la maladie d'amour… »

Elle sourit, attendrie par mon imitation pathétique.

— Je vois qu'on aime les mêmes classiques. J'ai le 33 tours, à la campagne.

Le feu. Le chat. La vieille platine et l'ampli. J'y suis. J'irai. Je reprends le fil :

— Et qui dit malade… dit pas d'inscription possible, n'est-ce pas ? Vous seriez obligée de refuser mon dossier.

— J'en serais ravie. Franchement, votre désespoir, personne n'y croit. Même pas vous. Et surtout pas moi.

— Pourquoi ça ?

— Je vous l'ai dit ! Je lis dans les pensées. C'est l'expérience, sans doute, mais c'est surtout un don que j'ai depuis toute petite. Dans ma profession, ça peut servir. D'ailleurs, ce n'est pas un hasard si j'occupe ce poste. C'est pour éviter aux gens de faire des bêtises. Et de tout gâcher.

Elle en a trop dit ou pas assez. Par une sorte d'accord tacite, nous savons que l'entretien ne se réduit plus tout à fait à sa fonction originelle. Au remplissage d'un dossier parmi tant d'autres. Une forme de gêne s'est dissipée, comme un brouillard qui s'effiloche, et je la regarde à présent sans le moindre embarras. Comme si nous nous connaissions depuis longtemps. Une longue minute passe ainsi à égrainer ses secondes comme autant de gouttes d'eau, fraîches, limpides, scintillantes. Elle y coupe court :

— Vous savez… ce que je vous dis là, je ne le dis pas à tout le monde. C'est même la première fois que ça m'arrive.

— Vraiment ?

— Vraiment. Je veux dire… ça ne fait pas partie du process. D'habitude, j'ai d'autres mots. On a des techniques, pour ça… pour influencer les gens dans un sens ou dans un autre, si on le juge légitime… mais là…

— Vous êtes certaine ? Même cet aveu pourrait faire partie du process.

— Et moi je vous dis que non. Vous le faites exprès ? Ou vous faites semblant de ne pas comprendre ?

Je *n'ose* pas comprendre, c'est plutôt ça, la vérité.

— Mais… vous ne me connaissez pas !

— Et vous, vous me connaissez ?

— Ben…

— Et je ne vous plais pas ?

— Bien sûr que si… beaucoup, même… Dès que je vous ai vue… ça a été… une évidence.

— Eh bien voilà… vous voyez, c'est pareil.

Je reprends ma respiration.

— Pas tout à fait… Moi je suis un dossier… je suis le 654… vous ne savez rien de moi… à part mon nom, mon adresse… ma place dans la file d'attente…

— Détrompez-vous. Puisque vous m'y forcez, je vais vous le dire. Dès que vous êtes entré, pareil, ça a été limpide. J'ai dû cacher mon jeu, rester pro, c'est mon métier. Mais à vous écouter, à vous regarder, d'un coup, vous êtes devenu transparent et, depuis tout à l'heure, je lis en vous comme dans un livre ouvert. Votre façon de me détailler. D'observer mes épaules, mes bracelets, la manière avec laquelle je tiens ma tasse entre mes paumes, bien serrée contre moi… c'était comme un miroir. En vous, je me voyais. Et d'ailleurs, vous-même, qu'est-ce que vous connaissez de moi ? Rien. Et qu'est-ce que ça fait ?

Rien. Ça existe, les coups de foudre. Et pas que dans les séries américaines.

— Allez... vous me faites marcher...

Cette fois, elle a un air contrarié. Marcher ? Je n'ai encore rien vu.

— Pourquoi, vous préférez courir ? Sous la pluie, quand l'orage s'annonce ?

Le sang quitte mon corps. Ça veut dire quoi, ça ? « Sous la pluie, quand l'orage s'annonce »... et pourquoi pas une forêt d'automne ? Mais non, allons. Simple coïncidence. Elle a dit ça comme ça. Métaphore banale. La pluie avant l'orage, après la pluie le beau temps... Juste une maxime lancée comme ça, pour parler.

C'est alors qu'elle me cloue sur place.

— J'ai bien une maison à la campagne, avec une cheminée, un vieux canapé et un plaid. Mais, désolée, je n'ai pas de chat.

Je me rencogne dans ma chaise, bouche bée. Je dois être très pâle, car elle avance sa main vers moi.

— Vous allez bien ?

Je reste muet. Je trouvais cette femme extraordinaire, je la découvre extralucide.

— Je...

— C'est parce que je n'ai pas de chat que vous faites cette tête-là ? Ce n'est pas grave, vous savez. On en trouvera un, dans la région, il y a des tas de nichées, ce ne sont pas les chatons qui manquent. Et si ça peut vous consoler, je cuisine très bien les cèpes.

— Hein ?

Impossible de dire un mot de plus. Elle s'en charge pour moi :

— Pardonnez-moi. Tout ça peut paraître fou, trop rapide, trop direct. Mais pour reprendre vos mots, à notre âge, on dit les choses. On n'a plus le temps pour les roucoulades, les approches, le cache-cache amoureux.

Je répète, tout bredouillant :

— « À notre âge » ?

— Eh oui. Cinquante-huit, quand même. Je suis beaucoup plus proche de vous que vous ne le pensez.

Proche. Elle a dit *proche*.

— Alors, quitte à être proches, autant l'être pour de bon. Sauf si, bien sûr, vous souhaitez toujours quitter ce monde. Mais en attendant, sachez que vous me plaisez, Monsieur 654. Vous m'agacez, vous m'énervez prodigieusement, vous ne comprenez rien, rien du tout, mais vous me plaisez. Voilà. C'est dit, vous êtes content ?

— Je…

— Alors pour vous, j'ai une option qui, elle non plus, n'est pas dans le process. La voici : on boucle votre dossier, et vous partez, mais avec moi. Direction la campagne. Dans ma petite voiture qui sent bon. Après tout, on est vendredi soir.

— La petite voiture, maintenant… ça continue… Dites-moi que je rêve…

— Vous ne rêvez pas. Regardez, j'ai même des bracelets : je les ferai tinter en changeant les vitesses, si ça vous amuse ! En plus, ça vous réveillera : vous avez l'air tout flagada !

Je la regarde, elle me regarde, tout est simple. Enfin, je lui souris.

— Quand même ! soupire-t-elle. Depuis le temps que j'attendais…

— Attendais quoi ?

— De tomber sur le bon numéro… Allez, en route.

Que dire d'autre ? J'entends un clic, l'écran s'éteint. Mon cœur bat, c'est celui d'un enfant, un cancre rêveur amoureux de sa maîtresse. Oubliés, les Équivalents Charges Seniors et leur défiscalisation. Oublié, le grand départ. J'ai dix ans. Devant moi. Mieux encore, nous avons dix ans devant nous. Et peut-être plus, allez savoir. Je ne connais même pas son prénom. Aucune importance, ce sera pour plus tard.

Pas le temps.

On y va.

Lorraine Fouchet

Ceci est mon journal intime

Avant de se consacrer à l'écriture, Lorraine Fouchet a été urgentiste. Elle a écrit plus de vingt romans couronnés de succès, parmi lesquels on peut citer *Entre ciel et Lou*, Prix Ouest, Prix Breizh et Prix Système U. Son dernier roman, *Jamais là par hasard*, paru aux Éditions Héloïse d'Ormesson en mars 2023, a su une fois de plus conquérir le cœur des lecteurs.

J'ai dix ans. On est en 2023. La vie est comme une boîte de chocolats, prétend un acteur américain dans un film où il court beaucoup. Moi je crois plutôt qu'elle est comme un puzzle : on commence par les bords, on cherche patiemment où poser ses pièces, on est fier quand on réussit, on croit qu'il en manque mais non, c'est juste qu'on n'a pas les yeux en face des trous, comme dit maman. J'ai dix ans, elle a trois fois mon âge. Elle est fromagère sur les marchés. La plus géniale de la planète, on a toujours du monde, je l'aide le dimanche matin, je sers les yaourts et les feuilletés chèvre-miel mais je suis interdit de couteau, elle n'a pas confiance. Elle a tort, moi je serais super pour couper le beurre à la motte. C'est un métier hyper-dur, elle se lève quand les autres dorment, il fait froid l'hiver, chaud l'été, elle part au petit matin, elle installe son stand et je vous jure que c'est lourd, les vitrines et les fromages et les jattes de crème et les plateaux d'œufs, mais elle sourit tout le temps.

Quand j'étais bébé, elle m'emmenait choisir ses produits à Rungis et elle me confiait dans mon couffin aux dames qui tiennent la caisse centrale, derrière une grande vitre, je n'avais pas froid. Même si je ne m'en souviens pas, je vais leur dire bonjour quand j'y accompagne maman aux vacances scolaires. C'est le jeudi, on part tôt de la maison avec le camion réfrigéré, il fait nuit, on chante, on est bien ensemble, elle a tout un répertoire qui commence rituellement par : « Si tu me crois pas, hé, t'ar ta gueule à la récré ».

Nos clients, je connais leurs regards. Il y a les gourmands qui savourent rien qu'à regarder l'étalage, leurs yeux pétillent devant le camembert ou le reblochon. Il y a les raisonnables, qui cherchent les fromages maigres. Les festifs, qui veulent des goûts nouveaux, des formes originales, des pâtes différentes. Les bobos accros au brie à la truffe. Et puis il y a ceux qui attendent l'heure de la remballe, quand maman donne les petits morceaux invendables, « autant que ça fasse plaisir à quelqu'un ». Il y a un monsieur qui a été son Tout Premier client sur son Tout Premier marché, il avait monté sa propre boîte (quand elle m'a raconté ça, j'étais petit, j'ai imaginé le client avec un tournevis en train de construire une boîte géante comme les meubles qui commencent par Ik...). Mais il a fait faillite, et maintenant il cherche du travail, mais c'est pas évident à cinq fois dix ans, alors il achète de moins en moins de fromage. Avant qu'il arrive, maman coupe des morceaux mal exprès, et les met de côté pour lui. Il les prend « pour lui rendre service ». On a aussi une cliente habituée, une dame qui est caissière en grande surface, sa voix est comme un tapis volant qui transporte et donne des frissons. Toute la journée, elle passe les produits en caisse, des fromages de grande distribution, sans goût, sans histoire, sans passé. Alors elle chante pour s'encourager. Le dimanche, elle vient nous voir au marché. Elle prend de la bonne crème épaisse, je la sers à la louche, et elle chante pour moi. Plusieurs soirs par semaine, elle fait partie d'une chorale, et elle s'éclate. Quand on lui demande ce qu'elle fait dans la vie, elle dit « je suis choriste et caissière », ça fait partie d'elle comme deux pièces de puzzle accolées qui n'existent pas l'une sans l'autre. Je suis construit pareil, ma première pièce, c'est maman, et la seconde, c'est… j'ose pas le dire, vous allez rigoler. Bon, allez, je me lance : je veux écrire des livres.

La vie est comme un plateau de fromages : ceux en forme de cœur saupoudrés de pétales de rose pour la Saint-Valentin ou la fête des Mères, ceux aux raisins secs trempés dans le rhum pour le réveillon, ceux au poivre ou au piment qui rendent invincibles façon potion magique d'*Astérix le Gaulois*, ceux qui consolent les adultes tristes qui ont besoin d'un morceau de cantal et d'un verre de vin. Il y a autant de fromages et de pièces de puzzle que d'émotions. Moi par exemple, je suis amoureux d'une fille de ma classe qui a des cheveux blonds comme la paille de seigle qui traverse certains chèvres. Elle ne le sait pas, elle me calcule même pas, la regarder suffit à me rendre heureux. J'aime ma mère, les fromages, les puzzles de 300 pièces, inventer des histoires, les écrire, et avoir dix ans. Je commence à placer les pièces du bord de ma vie.

Suite de mon journal intime

J'ai deux fois dix ans. Je suis en fac de lettres. Le samedi matin et le dimanche matin, je travaille au marché avec ma mère. Je manie le couteau avec dextérité, j'ai mes clients, elle a les siens, certains m'ont vu grandir, ça les amuse que je les serve aujourd'hui. Ma petite amie est merveilleuse, elle a des yeux comme les violettes de la tomme de montagne, avec elle pas besoin de chercher quoi dire ni quoi faire, ça vient tout seul, elle est mon évidence. Elle ne râle pas quand je me lève à 5 heures du matin le week-end, elle comprend. Nous deux on fait la teuf le vendredi soir, au moins on est originaux. Son père est médecin, quand elle était petite il était souvent de garde aux dates des fêtes ou des anniversaires, elle sait qu'on ne fait pas ce qu'on veut, le boulot prime. Elle aime les puzzles elle aussi, ceux de 1 000 pièces qu'on met une semaine à terminer ensemble, c'est relaxant. Moi je commence par les bords, alors qu'elle est bordélique. Elle papillonne, moi je construis. Quand on se regarde, je me sens à ma place juste et parfaite, j'ai trouvé mon port.

Le Tout Premier client de maman a retrouvé du travail, du coup il revient au marché en milieu de matinée et il n'est pas regardant sur la quantité, mais il y a de nouveaux habitués à l'heure de la remballe, et maman coupe exprès des morceaux pour les leur donner en prétendant que ça lui rend service. Sa cliente caissière choriste a participé à « The Voice » et elle est devenue chanteuse, elle ne remplit pas des zéniths mais elle fait des tournées, elle est amoureuse de son pianiste, ils ont trouvé leur place dans le puzzle. Quand elle revient dans la région, elle passe nous voir et elle chante pour nous pendant que j'emballe le saint-marcellin et la fourme d'Ambert.

Ça fait longtemps que je n'ai pas écrit dans ce cahier. Personne ne l'a lu, je le planque sous mon matelas, comme les vieilles personnes faisaient dans les campagnes avec leur bas de laine. Mes mots n'ont pas de valeur et pourtant ils me sont précieux, ils sautent sur le tapis volant de mon écran d'ordinateur, ils prennent l'avion sans visa ni passeport, ils transporteront mes futurs lecteurs à l'autre bout du monde le temps d'un claquement de doigts. Quand on me demande ce que je fais dans la vie, je réponds : « Je suis romancier, fromager, et amoureux ».

Suite de la suite de mon journal intime

J'ai quatre fois dix ans. La femme que j'aime me met chaque jour des papillons dans l'estomac quand je la regarde. Notre fils a dix ans, il déteste les puzzles et il est allergique aux laitages mais il joue du violon, c'est sa manière à lui d'assembler les pièces. Avec les sept notes de la portée, il ouvre des portes sur des mondes fabuleux. Le dimanche, on se lève tous les deux à 5 heures du matin pour aller aider maman à installer son stand au marché, et en fin de matinée on y retourne pour la remballe, et on chante en rangeant la marchandise restante dans le camion. Maman proteste qu'elle peut se débrouiller seule et c'est vrai, mais elle a six fois dix ans, nous et le fromage nous sommes sa vie, ses clients sont une seconde famille.

Ma femme est infirmière aux urgences de l'hôpital, quand elle est de garde le dimanche on se console de son absence en se faisant une pizza quatre fromages maison au retour du marché. Puis je travaille sur mon roman en cours. J'en ai déjà publié cinq. Je gagne ma vie comme correcteur pour une maison d'édition, ça met du beurre dans les épinards que personne n'aime chez nous.

Le Tout Premier client de maman a vieilli, il a maintenant du mal à se déplacer, il reste chez lui et je lui livre son fromage et ses œufs. La vie n'est pas toujours facile pour nous à la fin du mois, mais chaque jour est un siècle. Avec ma femme, on fait des puzzles de 3 000 pièces, pourtant ce n'est pas grand, chez nous, alors on a un tapis de puzzle qu'on pose sur la table, quand on mange on roule le tapis puis on le remet. Notre fils dit que c'est un jeu pour les vieux mais il a tort : quand je renverse la boîte sur la table avant de commencer, je me frotte les mains d'impatience joyeuse et j'ai de nouveau dix ans et la vie devant moi.

Suite de la suite de la suite de mon journal intime

J'ai six fois dix ans. Je suis écrivain, et correspondant de presse pour le journal local de l'île bretonne de Groix dans laquelle on vit désormais, ma femme et moi. Elle commençait à fatiguer la nuit aux urgences, elle a intégré un cabinet d'infirmières sur cette terre de huit kilomètres sur quatre plantée au milieu de l'eau au large de Lorient. Notre fils fait partie d'un orchestre international, il joue aux quatre coins de la planète, on va l'écouter en concert quand il revient en France. Maman a enfin pris sa retraite, elle n'achète son fromage que sur les marchés, « par esprit de fraternité », dit-elle. Son Tout Premier client est parti voir là où on va après s'ils ont des vaches et des brebis et des chèvres au ciel. Les derniers temps, à l'hôpital, on lui apportait en douce des fromages délicats, ses yeux brillaient, il chuchotait : « Oh, du frometon, j'adore ! », et il les dégustait avec bonheur. Notre cliente caissière choriste puis chanteuse a ouvert avec son mari une école de musique qui marche bien.

Depuis qu'on est devenus insulaires, ma femme et moi avons découvert les puzzles de 10 000 pièces, c'est un formidable challenge.

Suite de la suite de la suite de la suite de mon journal intime

J'ai tant de fois dix ans, le temps a passé si vite. J'avance lentement mais sûrement vers le centre du puzzle, la dernière pièce. Si c'était à refaire, je ne changerais rien. Notre petite-fille a dix ans, je lui ai offert pour Noël un puzzle de la dernière génération, musical, gustatif et odorant, en hologramme, il suffit de bouger les mains, les yeux et les narines pour faire glisser les pièces dans chaque dimension afin qu'elles s'emboîtent. C'est étrange mais amusant une fois qu'on a pigé le truc.

Personne ne fait plus de fromages artisanaux sur la planète Terre, les règles d'hygiène sont devenues délirantes, du coup tout ce qu'on mange a le même goût. On vit plus longtemps mais c'est moins marrant.

La tendresse a remplacé la passion, pourtant, sur l'écran noir de mes nuits blanches, je suis encore amoureux de ma femme. On est heureux dans notre île. On s'entraide.

Je viens de trouver et de lire le journal de papa

J'ignorais qu'il tenait ce journal, il ne me l'a jamais dit. Je l'ai découvert sous son matelas dans la maison sur l'île. Il a eu une longue vie, *presque dix fois dix ans*. Il a écrit pour ses lecteurs, maman a soigné ses patients, grand-mère a nourri ses clients. Ils me manquent beaucoup, j'espère qu'il y a des puzzles là où on les rejoindra un jour, et des plateaux de fromages, et qu'ils rigolent bien là-haut, en entrechoquant leurs verres. Moi je fais danser la vie avec mon violon pour qui m'écoute.

Je n'ai jamais compris l'enthousiasme de mes parents pour ces puzzles débiles, manifestement ce goût peut sauter une génération, parce que ma petite-fille le partage. Elle est tombée sur de vieilles boîtes que je n'ai pas eu le courage de jeter. Elle a grandi avec des jouets éducatifs informatiques, mais elle est tombée en admiration pour ces bouts de carton aux formes stupides. Du coup, je lui ai expliqué le principe, et on s'y est mis ensemble. C'est vrai que c'est addictif, il y a un truc apaisant, une sorte de sérénité. Lorsque je rentre de mes concerts à travers la galaxie, ça me calme. La semaine dernière, mon orchestre a joué sur la Lune, à guichet fermé, dans un auditorium éphémère gigantesque, c'était sublime. Au retour, avec le décalage horaire et le choc du voyage temporel, je me suis senti bizarre, alors j'ai ouvert une des boîtes et étalé les pièces sur notre table en verre télescopique, dans notre salon au centième étage donnant sur l'océan. Ma petite-fille s'est assise près de moi, on s'est concentrés ensemble sur le jeu. Elle n'aime pas la musique, c'est un comble. Ce qui la branche, c'est l'agriculture. Faire pousser du blé afin de fabriquer du pain pour la galaxie. Permettre aux Terriens et aux habitants des autres planètes de survivre, de se sustenter, d'être heureux et en bonne santé. Parce que si on ne mange pas à sa faim, on n'entend pas l'archet qui galope sur les cordes, on ne rêve pas sur les mots des livres, on n'a pas la force de la joie. Elle n'a que dix ans, mais elle a déjà compris ça. Dans ce nouveau monde qui est le nôtre, elle a choisi sa place juste et parfaite, l'angle précis de son puzzle.

Hier soir, on a regardé tous les deux sur mon immense verrière à plasma une émission de ce qui s'appelait autrefois la télévision. Deux artistes célèbres chantaient un air que papa et ma grand-mère fredonnaient au moment de la remballe dans mon enfance, quand j'avais la taille d'une roue de fromage, ça m'a bouleversé, j'en ai eu les larmes aux yeux.

« Si tu me crois pas, hé, t'ar ta gueule à la récré ».

« C'est quoi, la récré ? » a demandé ma petite-fille, intriguée.

Je lui ai expliqué que jadis, les enfants n'avaient pas de fenêtres éducatives tactiles dans leur chambre.

Ils devaient se déplacer pour aller à l'école, des enseignants leur faisaient cours, et à la récré les élèves se précipitaient dehors en hurlant pour libérer leur trop-plein d'énergie.

« Pourquoi ils hurlaient ? » a insisté ma petite-fille.

Je lui ai raconté que, quand j'étais jeune, des gens courageux de tous les âges avaient faim, peur, ou froid, ils n'avaient pas de logement ou de travail, ils se démenaient pour donner à manger à leur famille, ou juste simplement survivre. Parce que les guerres existaient, et les maladies, et le chômage.

Puisque vous me lisez aujourd'hui, vous savez comment on s'en est sortis. Heureusement, ma petite-fille n'a pas connu cette époque ni ce monde. Il était dur, violent, déchirant parfois, mais on savait ce que signifiaient l'amour, la solidarité, la fraternité, et les rires.

Ma petite-fille a hoché la tête, pensive.

Et puis, tout en pianotant sur son bracelet connecté avec caméra intégrée pour surveiller les épis de blé d'un immense champ sur la planète Mars qui va nourrir des milliards d'êtres vivants, elle s'est mise à fredonner l'air qu'on venait d'entendre. Celui que papa et grand-mère chantaient en revenant du marché, qui les rendaient heureux et légers.

« J'ai dix ans, je sais que c'est pas vrai, mais j'ai dix ans, ça fait bientôt quinze ans que j'ai dix ans »...

Alors j'ai saisi mon violon, et mon archet, et je l'ai accompagnée tout doucement.

Puis je lui ai promis qu'après mon prochain concert sur Jupiter je l'emmènerais sur l'île de Groix. Et que je lui apprendrais les autres chansons des deux artistes.

Karine GIEBEL

Chloé

Grande collectionneuse des prix littéraires prestigieux et maître *ès* thrillers psychologiques, Karine Giebel est à la fois reine du polar et reine de la nouvelle. Elle sait condenser en quelques pages la force d'un roman pour nous entraîner dans son sillage. Avec plus de quinze romans et recueils noirs, elle est aujourd'hui immensément reconnue en France et à l'international. Son dernier ouvrage, *Glen Affric*, paru en novembre 2021 aux Éditions Plon, nous propose une réécriture du roman de John Steinbeck, *Des souris et des hommes*.

De petits groupes se forment, prenant possession des lieux selon des règles instituées au fil des mois.

Il y a ceux qui s'installent sur les bancs en métal, ceux qui s'assoient sur les gradins du petit amphithéâtre entouré d'une palissade en bois. Il y a ceux qui forment un cercle pour jouer aux billes ou échanger les dernières cartes à la mode, celles qui se regroupent autour de la marelle dessinée sous le platane.

Et puis il y a Chloé.

Seule, elle traverse la cour de récréation, tête baissée, pour rejoindre Rahma à l'endroit habituel, cet îlot de béton au milieu des plantes, près du mur de clôture surmonté d'un grillage qu'un lierre conquérant escalade avec agilité.

Rahma n'est pas encore arrivée lorsque Chloé s'assoit sur la marche de ciment. Le printemps, lui, est déjà là, qui fait grimper la sève dans les troncs et la température dans les airs. La plupart des enfants ont mis au placard parkas et écharpes. Malgré la chaleur, Chloé garde quant à elle ses vêtements d'hiver, avec l'impression de cuire à l'étouffée.

Elle aperçoit enfin Rahma, qui trottine jusqu'à elle et se pousse pour faire de la place à sa complice, celle qui rend son quotidien moins rude.

— T'es à la bourre !

— Je sais, soupire Rahma. C'est m'sieur Ferri qui m'a demandé d'effacer le tableau.

— Peut pas le faire lui-même, ce gros faignant ? maugrée Chloé.

Elles se racontent les presque deux heures qu'elles viennent de passer loin l'une de l'autre. Elles sont toutes les deux en CM1 mais n'ont pas eu la chance d'être dans la même classe cette année. En CE2, elles étaient ensemble à longueur de journée, pouvaient tout partager, tout endurer. Mais en septembre dernier, la sentence est tombée : Chloé chez Mme Letellier, Rahma chez M. Ferri.

Elles continuent de s'échanger les derniers potins de l'école, exilées à l'autre bout de la cour, là où personne ne fait attention à elles, là où elles se sentent en sécurité.

Quand la sonnerie retentit, elles peinent à se séparer. Rahma rejoint les rangs de sa classe, tandis que Chloé traîne les pieds jusqu'à Mme Letellier.

— T'as pas trop chaud, Pongo ? lance le petit Nathan.

Il entame une sorte de danse canine autour de Chloé, ponctuée de *ouaf-ouaf*. Une bonne partie des écoliers s'esclaffent, Chloé fixe ses chaussures. À quoi bon répondre ?

Les enfants remontent à l'étage et se réinstallent derrière leur pupitre. Ils sont tous assis par deux.

Tous, sauf Chloé.

Seule à sa table, au premier rang, tout près du tableau. C'est là qu'est sa place depuis la rentrée, depuis des mois. Sauf quand l'institutrice demande aux élèves de former des groupes pour travailler sur un exercice. Mais là encore, Chloé n'est jamais invitée. Seulement tolérée.

Elle en a parlé à sa mère, sans lui dévoiler totalement la cruelle vérité. Ça lui ferait trop de peine, trop de mal. Elle est déjà si fragile… Le regard triste, Édith lui a confié que la nature humaine était ainsi faite et qu'on n'y pouvait pas grand-chose.

« Je te l'ai déjà dit, ma chérie : la plupart des gens n'aiment pas ceux qui sont différents d'eux. Ils ont tendance à les mettre à l'écart, à les rejeter. C'est à toi de trouver ta place parmi eux. Et je suis sûre que tu la trouveras ! Parce que tu es forte et courageuse. »

Puis, face au visage mortifié de sa fille, Édith a ajouté :

« Quoi qu'en disent les autres, tu es très jolie ! Ne l'oublie jamais, d'accord ? »

Seule à son bureau, sur un bout de papier qui finira à la poubelle, Chloé écrit avec une encre de rage :

La nature humaine, je la déteste.

Les humains, je les déteste tous.

Sauf maman et Rahma.

Munies de leur plateau, Chloé et Rahma s'assoient à une table de quatre où elles resteront en tête à tête durant tout le déjeuner. Elles attaquent leur repas, observant les enfants qui envahissent progressivement la pièce. Le petit Nathan choisit la table près de la baie vitrée, placée dans le dos de Chloé. Il est bien vite rejoint par deux garçons et trois filles. On dirait qu'ils sortent tous d'une seule et même boutique de vêtements à la mode. Alors que le règlement l'interdit, Nathan exhibe fièrement son smartphone dernier cri. Il montre une vidéo à ses amis, qui rient à s'en décrocher la mâchoire : un extrait des *101 Dalmatiens* où Pongo rencontre Perdita.

— Samedi, j'ai vu un film sur Netflix, dit alors Rahma pour détourner l'attention. Il était top !

Rahma lui raconte l'histoire, somme toute assez simple. Celle d'une adolescente américaine de treize ans qui fugue pour suivre un garçon plus âgé qu'elle.

— Ça finit bien ? espère Chloé.

— Non, pas vraiment, fait Rahma. Le mec meurt et la fille retourne chez elle… Mais c'est une belle histoire d'amour.

Beaucoup de filles de CM1 ont un amoureux ; Chloé et Rahma n'en ont pas.

Alors qu'elle déguste sa salade de fruits, Rahma reçoit une boulette de plastique dans son assiette. Un morceau de film alimentaire dans lequel se trouve un bout de jambon.

— Eh, *ramasse* ! beugle Nathan. Rahma ramasse ! C'est du cochon, c'est bon pour toi !

Chloé met le morceau de viande sur son plateau puis se lève.

— Viens, on se casse, dit-elle.

Elles s'exilent dans la cour, se réfugiant dans leur coin secret, contre le mur d'enceinte. Chloé ôte sa doudoune et son écharpe et se sent tout de suite mieux. Pour se changer les idées, elles se tournent vers le grillage, écartent le lierre vorace et jettent un œil indiscret dans le jardin d'à côté. Un terrain laissé à l'abandon, au bout duquel se dresse une grande maison ancienne, un peu délabrée. Jusqu'à l'automne dernier, la propriété était inhabitée et les deux amies aiment à penser qu'elle est hantée, imaginant qu'il s'y passe des choses terrifiantes chaque nuit. Depuis six mois, un homme semble s'être installé là, un homme qui va bien avec le décor : une sorte de géant hirsute et hideux, aperçu à quelques reprises.

Chloé sort de son cartable un tube de crème solaire et s'enduit le visage et les mains avec. Puis elle se cale contre le mur, cherchant de l'ombre.

L'été sera bientôt là. Une saison que tout le monde aime.

Pour Chloé, un cauchemar qui dure des mois.

Le mardi après-midi, les deux classes de CM1 se retrouvent pour le sport. Mme Letellier et M. Ferri conduisent leurs brebis jusqu'au complexe sportif, situé à deux cents mètres de l'école. Chloé et Rahma sont rassurées de passer ce moment ensemble, même si l'éducation physique fait partie de la longue liste de ce qu'elles *détestent* ! Quelle que soit la discipline, Rahma a du mal à se hisser au niveau de ses camarades ; elle court moins vite et moins longtemps, saute moins haut et moins loin, s'essouffle plus rapidement. À l'inverse, Chloé excelle dans n'importe quel sport. Mais le problème n'est pas là. Le problème, c'est le regard des autres. Ici, plus encore que dans la salle de classe, elle se sent comme un lapin dans le viseur d'une meute de chasseurs.

Solidaires dans le malheur, les deux amies appréhendent ces deux heures d'enfer sur terre. Parce que ce qu'elles *détestent* par-dessus tout, c'est le corps que la nature leur a donné. La nature ou leurs parents, elles hésitent sur l'identité des coupables.

Aujourd'hui, il faut courir autour du stade et franchir de petites haies. Rahma fait ce qu'elle peut, avec l'impression d'escalader le Kilimandjaro à chaque obstacle. Les verres épais de ses lunettes de myope-astigmate se recouvrent très vite de buée, son visage devient cramoisi, son souffle court. Dès que les enseignants ont le dos tourné, les moqueries fusent, « Rahma la grosse taupe » arrivant en tête des avanies préférées de ses chers petits camarades.

Pour Chloé, la course est une promenade de santé. Elle n'échappe pourtant pas aux remarques désobligeantes. Nathan s'en donne à cœur joie :

— Allez Pongo, saute ! C'est bien, mon chien !

Chloé aimerait avoir les crocs du fameux Pongo pour pouvoir déchiqueter ce crétin vaniteux.

Mais de Pongo, Chloé n'a que la peau.

Et c'est bien là son malheur.

*

* *

Une fois le déjeuner terminé, Chloé se rend dans la chambre pour s'habiller : legging, tee-shirt à manches longues, foulard autour du cou, mitaines sur les mains. Si elle pouvait enfiler une cagoule, elle le ferait. Elle ne se regarde pas dans le miroir, esquivant cette épreuve depuis longtemps déjà. Elle donne un coup de peigne dans ses cheveux longs, châtains, et recouvre les côtés de son visage avec.

En montrer le moins possible.

En retournant dans la salle à manger, elle constate qu'Édith s'est allongée sur le canapé. Les yeux mi-clos, elle fixe le plafond.

— On y va, maman ?

— Je suis fatiguée, ma chérie…

Chloé fixe avec amertume les boîtes de médicaments qui traînent sur la table basse : antidépresseurs, anxiolytiques… Depuis qu'Édith a été agressée dans la rue, elle a changé. Elle a plongé dans une dépression dont elle ne parvient pas à s'extirper.

Aujourd'hui encore, Chloé devra se rendre seule jusqu'aux jardins de l'Oratoire. Peu importe, elle ne souhaite rater ce rendez-vous sous aucun prétexte. Et puis elle a l'habitude de ce trajet en bus pour l'avoir fait maintes fois en compagnie de sa mère. Elle prend son petit sac à dos et referme la porte de l'appartement derrière elle. Édith dormira jusqu'au soir, c'est certain.

Dès qu'elle est sur le trottoir, Chloé chausse des lunettes de soleil puis se dirige vers l'arrêt de bus, la tête baissée et les yeux rivés au sol, comme toujours.

D'après le règlement, les enfants de moins de quinze ans n'ont pas le droit d'entrer sans être accompagnés. Mais à l'accueil des jardins de l'Oratoire, Chloé est connue. Depuis quelques mois, on la voit souvent venir seule et on la laisse rejoindre le deuxième étage sans encombre.

La chambre de Louise est la dernière du couloir. Un interminable couloir où les murs sont d'un bleu délavé, ponctué de portes vert pâle. Chloé croise M. Turpin, un septuagénaire qui se promène à longueur de journée dans les parties communes, immuablement vêtu d'un costume trois pièces.

— Bonjour, monsieur Turpin, dit poliment Chloé.

— Bonjour, mademoiselle Lefranc.

Chloé ne s'appelle pas Lefranc, mais il a décidé de la nommer ainsi depuis qu'il la connaît, et elle s'y est faite.

La porte de la chambre 225 est ouverte.

— Salut, mamie ! lance Chloé en entrant.

Près de la fenêtre, Louise est assise dans son fauteuil en faux cuir, bleu lui aussi. Elle porte une longue robe à fleurs, des bas couleur chair et des chaussons.

— Salut, mamie ! répète Chloé en l'embrassant sur la joue.

Les grands yeux de Louise sont ouverts mais vides. Son regard se perd dans le néant. Dans un monde dont personne ne possède la clef.

Chloé tire une chaise et s'assoit juste en face de sa grand-mère. Alors, elle attend. Que Louise revienne sur terre, qu'elle reprenne vie. Que son âme réintègre ce corps abandonné. Ça peut prendre trente secondes, ça peut prendre plusieurs jours.

Mais Chloé a une manière bien à elle de faire renaître Louise ; elle se met à fredonner le thème de *Jeux interdits*, de sa voix frêle et douce. Dès les premières notes, une flamme minuscule et fragile éclaire les prunelles de Louise. Son cerveau cherche un chemin vers la réalité et son visage se tourne lentement vers Chloé, qui continue à chantonner l'air le plus triste qu'elle connaisse.

— Tu es là, ma chérie ! murmure Louise.

— Salut, mamie.

Chloé prend les mains de son aïeule dans les siennes et lui sourit. Mais Louise est déjà repartie.

Peu importe, finalement. Son corps est là, sa peau est là, son souffle aussi.

Depuis deux ans, une maladie incurable dévore le cerveau de Louise, et Chloé ne peut rien y faire.

Personne ne peut rien y faire.

Ils envoient des types dans l'espace, mais ils sont incapables de soigner ma grand-mère ! songe parfois la petite fille avec colère.

— Mamie ?

Un sourire se dessine sur les lèvres de Louise. Elle est revenue, Chloé le voit dans son regard.

— Tu es là, ma Cloclo ? Je me suis assoupie, on dirait !

— C'est pas grave. Du moment qu'on est ensemble, c'est pas grave…

— Et Édith, elle n'est pas là ?

Chloé se hâte d'inventer un joli mensonge :

— Elle avait un rendez-vous pour un travail.

— Je comprends, assure Louise. On est quel jour ?

— C'est samedi, mamie.

— L'école, ça va ? C'est important, l'école, tu sais…

La petite fille hausse les épaules.

— Bof, dit-elle. Et toi, tu étais bien, à l'école ?

— Oui, dit Louise avec un grand sourire. C'était le bon temps…

Elle se perd un moment dans ses souvenirs, Chloé tente de la ramener, une fois encore.

Profiter de sa présence tant qu'il est encore temps. Avant qu'elle ne parte, définitivement.

— Tu avais des copains ou un amoureux ?

— Mais il n'y avait pas de garçons, à l'école, voyons ! rappelle Louise avec un clin d'œil. Enfin, ils étaient de l'autre côté de la palissade et on pouvait juste les apercevoir pendant la récréation. Et quand on quittait l'école, aussi.

— Ah… Tu avais des copines, alors ?

— Ben oui, il y avait Jeannette et Viviane… On est quel jour, ma chérie ?

— C'est samedi, mamie, répète Chloé.

Incroyable qu'elle oublie ce qu'on lui a dit une minute auparavant et se souvienne avec précision des détails de son enfance…

— Jeannette, elle habitait la même rue que moi, reprend Louise. On allait ensemble à l'école. C'était loin, il fallait marcher longtemps… On passait devant la boutique du fleuriste qui s'appelait Michel. Des fois, quand on revenait le soir, il nous donnait des fleurs pour nos mamans… On était toutes fières, nos bouquets à la main !

— Et personne était méchant avec toi, à l'école ? s'enquiert Chloé.

Louise prend le temps de réfléchir avant de répondre :

— Si, il y avait la fille de l'ingénieur. Marthe, elle s'appelait. Quelle vipère, celle-là ! Toujours à dire des horreurs… Que j'étais mal habillée, que mes parents étaient pauvres ! C'est vrai, qu'ils étaient pauvres. Mais ils étaient honnêtes et travailleurs.

— Et comment tu faisais pour supporter sa méchanceté ? demande Chloé.

— Oh, tu sais, je ne me laissais pas marcher sur les pieds, à l'époque ! Mais… tu pleures, ma chérie ? Pourquoi tu pleures ?

— Parce qu'ils sont méchants avec moi, en classe. Parce que je ne suis pas comme eux. Parce que je suis moche…

— Mais enfin, tu n'es pas moche ! s'écrie Louise. Qui t'a dit ça ?

— C'est Nathan… Et tous ses copains. Ils n'arrêtent pas de me dire des trucs dégueulasses, de se moquer de moi, de m'insulter.

— Ce Nathan, il doit être bien malheureux, pour te faire souffrir comme ça ! Quand on fait du mal aux autres, c'est qu'on a mal soi-même… Allez, ne pleure pas, je suis sûre que ça va s'arranger. Tu n'as qu'à lui répondre, tiens ! Il a bien un défaut, ce petit con ? Un défaut que tu peux lui renvoyer à la figure !

— Non, il est bien coiffé, bien habillé…

— Il a des bonnes notes ?

— Non ! réplique Chloé. Il est presque dernier de la classe !

— Eh bien voilà ! jubile Louise. T'as qu'à l'attaquer là-dessus. Lui dire que c'est un cancre.

— C'est quoi, un cancre ?

— C'est un élève qui travaille mal. Tu lui dis : cancre, cancrelat !

Chloé fronce les sourcils.

— Un cancrelat, c'est un cafard, ma chérie. Tu lui dis de regarder dans le dictionnaire s'il ne sait pas. Et tu ajoutes : « Si toutefois tu es capable de lire le dictionnaire ! »

La petite fille se met à rire, s'imaginant déjà rabaisser Nathan plus bas que terre.

— Il faut lui montrer que tu es plus intelligente que lui, enchaîne Louise. Traite-le de… nodocéphale !

— Hein ?

— Nodocéphale. Ça veut dire tête de nœud ! rigole Louise. Ou alors de jean-foutre, de pourceau, de tête de pipe, de paltoquet, de malotru, d'olibrius…

Chloé rit tellement qu'elle manque de s'étouffer. Quand elle relève la tête, Louise a disparu. Alors, Chloé se serre contre elle et s'endort doucement.

*

* *

Lundi matin, Chloé est assise dans son coin. Elle est seule, terriblement seule. Son amie a eu un accident d'équitation ce week-end. Une chute terrible qui l'a conduite à l'hôpital où elle va séjourner plusieurs semaines.

Plusieurs semaines sans elle.

Sans aide ni réconfort.

Comme pour lui rappeler à quel point elle est vulnérable, Nathan et trois de ses copains s'aventurent près de son refuge.

— Askip', Rahma s'est ramassée ? lance le petit meneur.

— Son poney, il en a eu marre de la porter tellement elle est grosse ! enchaîne un autre.

Ils se marrent, Chloé sent les larmes inonder ses yeux.

— Eh, Pongo, faut pas chialer ! envoie Nathan. Va plutôt te laver parce que t'es vraiment dégueu !

T'as des taches de merde partout !… Moi, si j'étais aussi laide que toi, je me suicide ! conclut-il avec un ignoble sourire.

Mme Letellier s'approche, ils déguerpissent aussitôt. Mais l'institutrice ne prend pas la peine de venir jusqu'à Chloé et repart vers le préau.

Chloé essuie ses larmes et repense aux conseils de Louise. La prochaine fois, c'est promis, elle lui répondra. Elle se tourne vers la maison hantée ; passer par-dessus le grillage, traverser le jardin, escalader le portail rouillé et s'enfuir dans la rue. S'enfuir, loin d'ici, loin d'eux. Et ne jamais revenir.

Moi, si j'étais aussi laide que toi, je me suicide !

Le suicide, Chloé y a déjà pensé. Tant de fois… Mais sa mère n'y survivrait pas. Ou peut-être que si. À coups d'anxiolytiques, d'antidépresseurs. Et Louise, s'en rendrait-elle compte ? Bien sûr que oui…

Soudain, Chloé arrête de respirer.

Derrière les herbes, derrière la vitre sale d'un soupirail au bas de la maison, un visage.

Effrayée, la petite fille manque de basculer vers l'arrière. Puis elle fronce les yeux et réalise qu'il s'agit d'un enfant. Lui aussi semble l'avoir vue, et lui adresse des signes. Chloé répond en secouant la main.

À ce moment-là, la sonnerie retentit et elle doit rejoindre ses camarades.

— Suicide, Pongo ! scande Nathan à voix basse. Suicide, suicide, suicide…

— Malotru ! hurle alors Chloé. Malotru !

C'est la seule insulte dont elle se souvienne. Étonné, Nathan fouille son cerveau à la recherche d'une définition à ce mot étrange.

— Ça veut dire quoi, *malotru* ? demande une élève.

— Ça veut dire grossier et impoli, explique Mme Letellier.

Toute la classe éclate de rire, le visage de Nathan change de couleur.

Merci, mamie Louise.

*
* *

L'année dernière, dans un de ses moments de lucidité, Louise m'a dit que la vie était une épreuve de force. Je n'ai pas compris tout de suite, mais je crois que ça veut dire qu'il faut se battre, tout le temps. Et je pense qu'elle a raison. Elle a voulu me prévenir, me dire que rien ne serait facile.

Sur Internet et dans les livres, j'apprends plein de choses. Comme je n'ai pas d'amis à part Rahma, je passe beaucoup de temps à lire et à surfer.

Et plus j'apprends, plus je me dis que ce n'est pas pareil pour tout le monde, qu'il n'y a pas de justice sur cette planète. Que l'épreuve de force dont parle mamie n'est pas la même pour tous.

Quand je vois les petites filles afghanes qui n'ont pas le droit d'aller à l'école, même pas le droit de sortir de chez elles, je me dis que j'ai de la chance.

Quand je vois les petites filles pakistanaises qui doivent se marier à dix, douze ou treize ans, je me dis que j'ai de la chance.

Quand je vois les petites Africaines qui meurent de faim, je me dis que j'ai de la chance.

Mais quand je me regarde dans le miroir, je me dis que je suis maudite.

Maudite de la tête aux pieds.

Je suis née avec un naevus géant congénital. Mme Leclerc, la dermatologue qui me suit, m'a expliqué qu'il s'agissait d'une augmentation anormale du nombre de certaines cellules de la peau qu'on appelle mélanocytes, produisant une pigmentation marron.

Tout le monde a des grains de beauté.

Les miens n'ont rien de *beau*.

Le plus gros recouvre mon corps de la taille jusqu'en bas des cuisses. Et j'en ai une multitude sur le visage, les bras, le cou… On dirait que j'ai été éclaboussée par du chocolat, de la boue ou, comme dirait Nathan, de la merde. C'est pour ça qu'il m'appelle *Pongo*. Je suis le cent deuxième dalmatien. Quand j'avais un an, les docteurs ont essayé d'enlever le plus gros avec une dermabrasion, mais il est revenu…

En plus de me rendre moche, ma maladie a fait du soleil mon ennemi juré. Car Mme Leclerc m'a prévenue que mon naevus risque de se transformer un jour en cancer de la peau.

Quand mamie me reconnaît encore, elle me répète que je ne suis ni malade ni laide. Que je suis différente, mais que mon visage est joli et mes yeux magnifiques.

Maman, elle, me dit souvent que je suis très mignonne.

Moi, je voudrais simplement être comme les autres…

Comme les autres, c'est tout.

*
* *

Pour Chloé, l'école sans Rahma, c'est une traversée du désert avec une gourde vide. On la regarde, on se dit qu'il pourrait y avoir de l'eau dedans, que ça pourrait nous sauver la vie, et ça attise encore plus notre soif.

Ça fait maintenant dix jours que Rahma est allongée sur un lit avec une commotion cérébrale, une vertèbre et un bras fracturés. Dix jours que Chloé a perdu la béquille qui lui permettait de rester debout.

Dès qu'elles se sont rencontrées, elles se sont rapprochées. Rahma a une peau normale, une jolie peau un peu mate, mais elle a une quinzaine de kilos en trop et des lunettes de myope sur le nez. Pour couronner le tout, elle est première de la classe. Autant dire que le sort lui a dessiné une cible sur le front.

Chloé et sa mère sont allées lui rendre visite à l'hôpital où elle affronte avec courage les tortures infligées par les médecins. Chloé lui a apporté du chocolat mais aussi les leçons que M. Ferri lui a confiées. Pendant dix minutes, Édith a quitté la chambre et les deux petites filles ont pu parler plus librement.

— Tu reviens quand ? a demandé Chloé.

— Je sais pas, a soupiré Rahma. Ils disent que je pourrai peut-être marcher dans un mois… C'est pas trop dur, à l'école ?

— Si, c'est dur. Nathan, il dit que je dois me suicider…

— L'écoute pas, ce gros bâtard ! a rétorqué Rahma.

Un silence s'est imposé dans la pièce, la tristesse s'est reflétée dans les yeux de Rahma, déjà durement éprouvée.

— Il y a un garçon dans la maison hantée, a alors dit Chloé. Je l'ai vu plusieurs fois.

— Ah oui ?

— Derrière une fenêtre, tout en bas. Il me fait des signes !

— Il a quel âge, tu crois ?

— Ben… comme nous, peut-être.

— Ah bon ? Mais il est pas à l'école, lui ?

Puis Édith est revenue dans la chambre et il a fallu se séparer, une fois encore…

Il est pas à l'école, lui ?

Rahma a peut-être posé la bonne question. Pourquoi ce garçon n'est-il pas à l'école les jours de semaine ? Et pourquoi est-il tout en bas de la maison, sans doute dans une cave ? Chloé décide d'en parler à sa mère :

— Ce n'est pas forcément une cave, répond Édith. Il peut y avoir un sous-sol aménagé. Et ce garçon est peut-être malade ou handicapé et prend des cours à la maison.

— C'est possible, ça ? s'étonne Chloé.

— Oui, les parents ont le droit de faire la classe à la maison si c'est nécessaire.

La petite fille réfléchit un instant.

— Tu peux pas me faire la classe à la maison, maman ?

Édith fronce les sourcils.

— Ils se sont encore moqués de toi, c'est ça ?

— Ils se moquent tout le temps de moi !

— Hmm… Peut-être que c'est toi qui prends mal les choses, non ?

Chloé la fixe avec colère. Elle a envie de tout balancer, mais quelles seront les conséquences ? Sa mère ira voir la directrice, Nathan sera convoqué et, ensuite, il se vengera. Voilà ce qui se passera.

— Ils sont méchants avec moi, tout le temps !

— Dis-moi qui t'embête ! ordonne Édith.

— Tous !

— Comment ça, *tous* ?

— Je veux que tu me fasses la classe à la maison ! s'emporte Chloé.

— Hors de question, réplique sa mère. Aller à l'école, c'est bien mieux pour toi ! Et puis si je trouve un nouveau travail, je ne pourrai pas te donner les cours.

— Le soir, tu peux, non ?

Édith lève les yeux au ciel.

— Tu veux que j'aille en parler à la directrice de l'école ? propose-t-elle.

— Non, je veux plus aller à l'école !

— Arrête un peu, d'accord ? Ce sont des enfants, ils sont parfois cruels. D'ailleurs, il n'y a pas que les enfants qui sont cruels… Mais il faut t'endurcir, ma fille. Tu n'as qu'à leur répondre !

— Et je leur dis quoi ? Eux, ils n'ont pas des taches plein la figure ! Eux, ils ne sont pas moches !

Chloé s'enfuit jusque dans sa chambre, se jette sur son lit et enfouit ses larmes dans l'oreiller. Sa mère la rejoint moins de deux minutes plus tard.

— Je suis désolée, ma puce, dit-elle en caressant les cheveux de sa fille. Tu n'es pas moche, tu es même très jolie !

Un *non* étouffé jaillit de l'oreiller.

— Si, tu es très jolie, je peux te le jurer.

Chloé se réfugie dans les bras de sa mère et lui fait promettre qu'elle n'ira pas en parler à la directrice.

Maudite, de la tête aux pieds.

*
* *

Alors que Chloé quitte la cantine, M. Ferri lui demande d'apporter un dossier à la directrice, Hélène Latour. Chloé monte au premier étage où enseigne Mme Latour. Tandis qu'elle approche de la salle, elle entend deux voix : celle de la directrice et celle de Mme Letellier. Elle ralentit, hésitant à faire irruption dans cette conversation d'adultes. Mme Latour raconte à l'institutrice de Chloé que la mère de Nathan, toujours trop inquiète pour son fils, s'est épanchée ce matin avant les cours. Chloé se met à écouter d'une oreille attentive et saisit quelques mots dont elle ignore encore le sens : déficit de l'attention, trouble de l'humeur, énurésie…

Soudain, Mme Latour sort de sa classe et tombe sur Chloé :

— Qu'est-ce que tu fais là, toi ? lâche-t-elle, visiblement embarrassée.

— Euh… C'est M. Ferri qui m'a demandé de vous emmener ça, répond Chloé en lui tendant un tas de feuilles agrafées entre elles.

— On dit *apporter*, pas *emmener*, corrige la directrice. Merci, Chloé. Va dans la cour rejoindre tes camarades, maintenant.

— Oui, madame.

Chloé redescend l'escalier, perturbée par ce qu'elle vient d'entendre. En bas des marches, elle murmure :

— Bien fait pour toi !

Chloé écarte le lierre et regarde en direction du soupirail. Le garçon est derrière, comme s'il attendait leur rencontre. Elle lui adresse un signe et le voit taper sur le carreau avec son poing. Puis il tente d'écrire quelque chose à l'aide de son doigt. Il écrit dans le vide, elle ne comprend pas ce qu'il cherche à lui dire. Elle lui fait signe de sortir, de la rejoindre au grillage. Il tourne la tête de droite à gauche puis lui demande à son tour d'approcher, de venir vers lui. *Peut-être qu'il ne peut pas marcher, qu'il est coincé dans son sous-sol ?* songe Chloé.

Il se remet à taper du poing sur la vitre, comme s'il voulait la briser. Même s'il est loin, Chloé a le sentiment qu'il appelle au secours. Elle prend une grande feuille dans son cartable ainsi qu'un feutre rouge et, en grosses lettres, elle écrit :

TU VEUT AIDE ?

Puis elle hisse sa pancarte le plus haut possible. Le garçon cesse de frapper la vitre et, au bout de quelques secondes, hoche frénétiquement la tête.

C'est alors que le géant hirsute surgit au coin de la maison. Il aperçoit Chloé, tourne la tête vers le soupirail. Il retourne chez lui au pas de course et, quelques minutes plus tard, le garçon disparaît, comme aspiré par une force invisible.

*
* *

Chloé en a parlé à Mme Letellier. L'institutrice l'a écoutée d'une oreille distraite avant de dire :

« J'ai l'habitude de tes histoires à dormir debout ! Tu as trop d'imagination, Chloé. Et puis ce n'est pas bien d'espionner chez les gens… »

Tout ça parce qu'une fois ou deux – peut-être trois – Chloé a menti à son institutrice.

En rentrant chez elle, elle en a reparlé à sa mère. Édith lui a répondu que ce n'était pas leurs affaires, qu'elles avaient déjà beaucoup de problèmes, qu'il n'était pas utile de se mêler de ceux des autres. Que ce garçon, sans doute handicapé, s'ennuyait chez lui et cherchait des occupations.

Chloé s'enferme dans sa chambre et appelle Rahma, toujours sur son lit d'hôpital, pour lui raconter ce qu'elle a vu en début d'après-midi.

— Il est prisonnier, c'est sûr ! en conclut son amie. Ce type, c'est un fou qui l'a enfermé dans sa cave ! Il faut le dire la police !

— La police ? Mais comment je fais ?

— Ben… je sais pas, dit-elle finalement. Ou alors, tu pourrais aller voir, non ?

— *Aller voir ?* répète Chloé avec angoisse. Mais s'il y a le type qui vient ? s'alarme la petite fille. Il va m'enfermer, moi aussi !

Rahma réfléchit un instant.

— C'est vrai que c'est dangereux, admet-elle. Mais bon, tu cours plus vite que lui, je pense ! T'as vu comment il est gros ?

— J'ai trop la trouille !

Cinq minutes plus tard, Chloé raccroche. Oui, elle doit agir, même si elle ne sait pas encore comment. Se montrer courageuse, comme les héros des livres qu'elle dévore depuis des années. Ces détectives en herbe qui n'hésitent pas à mener des enquêtes périlleuses et sauvent ceux qui sont en danger.

Ce soir-là, avant de s'endormir, Chloé, neuf ans, s'imagine en héroïne venant au secours de ce pauvre garçon.

L'enfant reste invisible, aujourd'hui. Chloé a beau fixer le soupirail, elle ne voit plus son visage se dessiner derrière la vitre.

Peut-être qu'il est trop tard ? Peut-être que le géant l'a tué ?

L'angoisse lui serre la poitrine, elle se rassoit et sort un livre de son cartable. Mais son esprit est irrésistiblement attiré vers la maison hantée et elle peine à se concentrer sur l'histoire. Quand elle relève la tête, Nathan et ses sbires sont plantés devant elle.

— Au lieu de lire, tu ferais mieux de te pendre ! s'amuse Nathan.

Chloé le fixe avec rage.

— Moi, au moins, je sais lire. Alors que toi, tu sais pas ! Tu sais pas lire et tu sais pas compter non plus ! T'es rien qu'un cancre ! Un… cancrelat !

Déstabilisé, Nathan met quelques secondes à retrouver son aplomb. Décidément, sa victime préférée prend de l'assurance, ces derniers temps.

— Si, je sais lire !

— Cancrelat ! répète Chloé. Ça veut dire *cafard* !

— Moi, au moins, j'ai pas la gueule pleine de taches de merde ! riposte Nathan.

— Ah ouais ? Mais moi, au moins, je pisse pas au lit !

Cette fois, Nathan vacille. Chloé exulte, heureuse d'avoir cherché la définition d'*énurésie* dans le dictionnaire. Quelques instants pour encaisser, puis Nathan remonte sur le ring :

— Qu'est-ce qu'elle dit, cette folle ! Je pisse pas au lit, moi !

— Si ! s'écrie Chloé. Je le sais ! C'est Mme Latour qui l'a dit !

Les écoliers considèrent Nathan avec stupeur. Ne trouvant plus rien à répondre, le garçon se jette sur Chloé, lui assène une gifle, essaie de lui arracher les cheveux. Elle hurle si fort que Mme Letellier se précipite enfin vers le groupe. Elle sépare les enfants, les conduit directement chez la directrice. Aucun des deux ne voulant donner la raison de l'altercation, Mme Latour décide de les punir tous les deux. Demain, ils seront privés de récréation toute la journée.

Pas de récréation, pas de grillage, pas de visage derrière la vitre sale.

*
* *

Pendant la pause du surlendemain, Chloé passe dix minutes à fixer le soupirail, priant pour que le minois du prisonnier réapparaisse. Mais le miracle n'a pas lieu, et elle se demande si le garçon est toujours en vie.

J'aurais dû faire quelque chose pour lui ! se lamente-t-elle en silence. *Maintenant, c'est trop tard…*

La journée lui semble interminable. Elle ne cesse de penser au garçon, ne cesse de se demander ce qu'elle va bien pouvoir faire pour lui. La veille, elle a appelé Rahma, qui lui a recommandé, une nouvelle fois, d'aller voir sur place ou bien de prévenir la police.

Dans l'après-midi, Chloé prend une décision : après les cours, elle se rendra au commissariat de quartier. Elle a vérifié sur Internet, il ne se situe pas très loin de Jean-Jaurès. Elle leur expliquera, ils comprendront, ils iront le délivrer.

À 16 h 30, Chloé sort de l'école. Ce soir, elle se dirige à l'opposé de l'arrêt de bus. Ses premiers pas la conduisent vers la maison hantée et, alors qu'elle approche du portail, elle voit le géant quitter son domicile et prendre le volant d'une voiture garée devant. Il démarre, le véhicule disparaît au coin de la rue.

Le cœur de Chloé bat à tout rompre.

C'est maintenant. Maintenant ou jamais.

La vie est une épreuve de force.

Elle attend que la rue soit déserte puis lance son cartable par-dessus la clôture. Si le géant revient, ou si quelqu'un la voit franchir la grille, elle aura ainsi une bonne excuse.

C'est Nathan qui a jeté mon cartable par-dessus !

Elle entreprend la périlleuse escalade, accroche son pantalon à la grille, atterrit enfin dans le jardin peuplé de mauvaises herbes et de mauvaises ondes.

C'est sûr, son cœur va éclater sous la pression, elle va s'évanouir…

Elle ramasse son cartable et s'avance vers la vieille bâtisse. Elle contourne la maison pour rejoindre le soupirail et s'agenouille juste devant. Elle colle son visage à la vitre, place sa main en visière au-dessus de ses yeux et tente d'apercevoir l'intérieur du sous-sol.

C'est sombre, c'est sale.

Elle s'allonge dans l'herbe pour approcher un peu plus encore son visage et distingue une chaise brisée en mille morceaux, une bassine remplie d'eau, une couverture kaki. Mais elle n'a pas une vision globale du vaste sous-sol.

À l'aide d'une pierre, elle tape sur la vitre à plusieurs reprises. C'est alors qu'il s'avance. Leurs yeux se rencontrent, ceux du garçon s'enflamment. Il est trop petit pour atteindre la fenêtre et Chloé comprend qu'il utilisait la chaise pour y accéder et que le géant l'a cassée pour les empêcher de communiquer.

Il se met à hurler et sa voix atteint enfin Chloé :

— Viens m'aider ! Viens me chercher !

Le cœur de Chloé bat de nouveau très fort.

— Viens ouvrir la porte ! s'égosille le prisonnier. Viens ouvrir la porte !

Chloé se relève, jette un regard circulaire dans le jardin : pour le moment, aucune trace du géant. Elle fait le tour de la maison, aperçoit une fenêtre entrouverte au rez-de-chaussée.

Tu devrais partir, Chloé ! Il va revenir et il va t'enfermer, toi aussi ! Ou il va te tuer !

Elle regarde la fenêtre puis le portail : entrer dans la maison ou prendre ses jambes à son cou ?

Elle pousse les deux battants, qui s'ouvrent dans un funeste grincement. C'est alors qu'une main énorme se plaque sur sa bouche et qu'elle est soulevée dans les airs par une force prodigieuse. Elle se débat, mais comment lutter ?

D'un coup de pied, le géant ouvre la porte et avance dans un couloir obscur, sa victime dans les bras. Dans un effort surhumain, Chloé parvient à lui échapper. En proie à une indicible panique, elle se met à courir droit devant, dans une pénombre sinistre. Le géant sur ses talons, elle hurle d'effroi. Elle ne voit même pas l'escalier qui s'ouvre devant elle et y plonge à toute vitesse.

Chute brutale, terrible. Série de chocs violents, marche après marche.

Ensuite, c'est un trou noir, profond et silencieux.

*

* *

Un essaim d'abeilles s'est logé dans son crâne endolori. Ça bourdonne fort dans ses oreilles. Chloé ouvre les yeux sur la couverture kaki. Elle met quelques instants à se souvenir. La maison hantée, le soupirail, le garçon, la fenêtre, le géant, le couloir…

Elle se redresse, tombe face à face avec celui qu'elle était venue sauver.

— Ça va ? chuchote le garçon. Tu saignes du nez…

Chloé a du mal à entendre, encore plus de mal à parler. D'ailleurs, que pourrait-elle bien dire ?

Seconde après seconde, elle réalise qu'elle est enfermée dans une cave sordide, séquestrée par un homme dangereux. En tournant la tête vers le soupirail, elle s'aperçoit qu'il fait presque nuit. Alors, elle pense à sa mère qui doit la chercher partout.

Qui ne la retrouvera jamais.

Chloé retombe sur la couverture et fond en larmes.

*
* *

Après le crépuscule, c'est la nuit qui s'est abattue sur les enfants. Aucune lumière pour les rassurer, les réconforter, à part la lueur fragile d'un lointain lampadaire qui se glisse par le soupirail.

Ils sont assis, serrés l'un contre l'autre sur la couverture.

— Comment tu t'appelles ? demande le garçon à voix basse.

— Chloé.

— Moi, c'est Lucas… Tu as des parents, toi ?

— Ben oui ! Je vis avec ma mère et je vois mon père pendant les grandes vacances parce qu'il est loin…

Leurs chuchotements s'entendent à peine dans le vaste sous-sol, aux relents de moisissure et de rouille.

— Moi, j'ai pas de parents, dit Lucas. Tu crois qu'elle te cherche, ta mère ?

— Oui ! murmure Chloé. C'est sûr…

— Et tu crois qu'elle va te trouver ?

La petite fille essuie une larme, préférant ne pas répondre à cette question qui tourne en boucle dans sa tête depuis des heures.

La vie est une épreuve de force.

Peut-être que c'est la dernière épreuve, mamie Louise.

*
* *

Ils ont fini par s'endormir, l'un contre l'autre. Un bruit sourd les réveille, ils se redressent en un seul mouvement.

— C'était quoi ? demande Chloé avec effroi. C'est lui ? C'est lui qui vient nous tuer ?

— Je sais pas, répond Lucas dans un souffle.

Ils se serrent davantage, comme si l'un pouvait protéger l'autre, comme s'ils étaient plus forts à deux. Une voix masculine résonne au-dessus de leurs têtes. Puis ce sont des pas dans l'escalier, qui se rapprochent de la porte de la cave. Chloé ferme les yeux et murmure :

— Au revoir, maman…

*
* *

Pongo a disparu.

Chloé est de retour.

Mais ce n'est plus la Chloé d'avant, celle qui marchait la tête baissée et les yeux rivés au sol.

Même Nathan et ses copains n'osent plus s'y frotter.

Parce que Chloé est devenue une héroïne, comme celles des livres, de la télévision ou du cinéma.

Ce matin-là, dans la cour de Jean-Jaurès, Rahma fait son grand retour, elle aussi. C'est un peu grâce à elle que Chloé est toujours en vie. Qu'elle n'est pas morte de faim et de soif dans un sous-sol lugubre.

Vers 17 h 30, Édith a commencé à chercher sa fille, qui n'était pas rentrée de l'école. À 19 heures, elle a appelé Rahma dans sa chambre d'hôpital, qui lui a dit :

« Elle a dû aller dans la maison hantée, celle juste à côté de l'école ! Elle a dû aller sauver le garçon et le géant l'a enfermée, elle aussi ! »

À 20 heures, Édith escaladait le portail. En faisant le tour du jardin, elle a trouvé la trousse de Chloé, sans doute tombée de son cartable. Elle a essayé en vain de forcer l'entrée, s'est finalement précipitée au commissariat central.

Encore deux heures perdues à attendre, à expliquer, à se justifier.

Puis la police a finalement dépêché une équipe sur place en début de nuit.

Pas de trace d'un géant, mais deux enfants enfermés dans la cave.

Chloé a passé la nuit à l'hôpital avant de pouvoir rentrer chez elle. Lucas, lui, est resté plus longtemps en observation. Il a expliqué aux forces de l'ordre que le « géant » l'avait enlevé dix jours auparavant à la sortie de l'école, alors qu'il regagnait le domicile de sa famille d'accueil. Il n'a pas voulu dire ce que l'homme lui a fait.

Cet homme qui a pris la fuite et que la police continue de chercher.

Lucas n'a pas souhaité retourner dans sa famille d'accueil et a été provisoirement placé dans un foyer.

Depuis une semaine, Chloé est revenue à l'école, auréolée de sa nouvelle réputation. Son aventure et son courage ont fait la une de tous les journaux, locaux et nationaux. Les journalistes n'ont pas révélé l'identité du garçon, seulement le prénom de Chloé.

Juste avant la récréation, la porte s'ouvre sur Mme Latour. Les élèves se lèvent et Chloé aperçoit Lucas juste derrière la directrice. Elle confie le nouveau venu à l'institutrice des CM1, qui le fait monter sur l'estrade et lui demande de se présenter.

— Je m'appelle Lucas, j'ai dix ans.

Il est plus âgé et plus grand que les autres enfants, il regarde Chloé avec un sourire désarmant.

— Va t'assoir où tu veux, dit Mme Letellier.

Sans aucune hésitation, il s'installe à côté de Chloé.

Elle n'a plus rien à craindre, elle le sait. Lucas sera son garde du corps. Il sera peut-être son amoureux, aussi…

*

* *

Chloé passe la grille des jardins de l'Oratoire, elle a hâte de raconter à Louise l'incroyable aventure qu'elle a vécue. Ça fait presque trois semaines qu'elle n'a pas vu sa grand-mère et grimpe l'escalier en courant.

Au milieu du couloir bleu, M. Turpin déambule dans son costume trois pièces.

— Bonjour, mademoiselle Lefranc.

— Bonjour, monsieur Turpin !

La porte de la chambre est ouverte, comme toujours. Louise est dans son fauteuil, un plaid sur ses genoux.

— Salut, mamie !

Louise tourne la tête vers sa petite-fille, les questions compliquent aussitôt son regard. Au bout de quelques secondes, son visage s'illumine :

— Bonjour, Jeannette !

Chloé embrasse sa grand-mère sur la joue, s'assoit sur le lit, juste à côté d'elle.

— Tu es en retard, ajoute Louise. Ça fait un moment que je t'attends !

— C'est moi, mamie…

— Je le vois bien, que c'est toi ! Je ne suis pas aveugle…

— C'est moi, *Chloé*.

Louise se met à rire.

— Il faut qu'on rentre, maintenant, ajoute-t-elle d'une voix enfantine. Sinon, maman va m'engueuler !

— Pourquoi ?

— Parce qu'on est en retard, voyons ! pouffe Louise.

Chloé se serre contre sa grand-mère et lui fredonne *Jeux interdits*. Louise se met à chantonner avec elle.

— Elle est jolie, cette musique.

— C'est moi, mamie. C'est Chloé…

— Mais pourquoi tu m'appelles *mamie* ?… Faut qu'on rentre, maintenant.

— On sera rentrées à temps, murmure Chloé.

— Et moi, je crois qu'on va être en retard.

— C'est pas grave, du moment qu'on est ensemble, dit Chloé avec un sanglot dans la voix.

— On est quel jour ? demande sa grand-mère.

— C'est samedi.

— C'est jour de lessive !

— Si tu le dis…

— Maman a dû préparer la lessiveuse et elle m'attend pour l'aider à la remplir à la fontaine, continue Louise. Ensuite, il faudra la hisser jusque sur la cuisinière.

— On arrivera à temps, j'en suis sûre, la rassure Chloé. Elle est lourde, cette lessiveuse ?

— Oh, oui, très lourde ! C'est pour ça que maman a besoin de moi.

— Moi aussi, j'ai besoin de toi…

— On se verra lundi, ma Jeannette !

Chloé regarde Louise droit dans les yeux. Sa grand-mère a disparu.

Cette fois, elle ne reviendra pas.

Elle ne reviendra plus jamais.

— Tu as quel âge, mamie ?

— Allons, tu le sais bien !

— Je m'en souviens pas…

— J'ai dix ans, voyons ! dit Louise avec un grand sourire. J'ai dix ans…

Raphaëlle GIORDANO

« On n'est pas des machines… »

Écrivaine, Raphaëlle Giordano est une créative accomplie. Les mots, les images, les concepts sont son terrain de jeu. Diplômée de l'école Estienne en Arts appliqués, elle est d'abord conceptrice-rédactrice en agences de communication, avant de monter sa propre structure dans l'événementiel artistique et le coaching créatif. Elle a fait une entrée fracassante en littérature avec son premier roman, *Ta deuxième vie commence quand tu comprends que tu n'en as qu'une*, best-seller international depuis 2015. Son dernier roman, *Heureux les fêlés car ils laissent passer la lumière*, paraît en octobre 2023 aux Éditions Récamier.

J'ai dix ans. Et je vais bientôt mourir. Face à la fatalité, a-t-on d'autres choix que l'acceptation ? M'éteindre ne m'effraie pas plus que ça. Enfin si, un peu quand même… Je me pose surtout beaucoup de questions. Existe-t-il *un monde d'après* ? De quelle couleur pourrait-il bien être ? Blanc ou en couleurs ? À moins qu'il ne soit juste noir, comme le fond d'un puits profond ? Ce serait triste, pas de couleurs, moi qui les aime tant… Je me demande. Est-ce que mourir, c'est comme lorsqu'on appuie sur le bouton marche/arrêt et que plus rien ne s'allume ? Après tout, mon corps n'est rien d'autre qu'un tas de connexions électriques. Quand le courant n'y passera plus, me rendrai-je compte de ce qu'il m'arrive ? Sûrement que non. J'imagine une grande nuit sans rêves et sans étoiles… Bientôt la fin. Je le sais, je le sens, dans les entrailles de mes circuits rouillés. L'arthrose galopante du calcaire rend douloureux mes moindres mouvements. Mes voyants sont au rouge. Ah ça, ils m'en ont infligé, des lavages au bicarbonate de soude, au gros sel et au vinaigre blanc. À ce stade, cela m'apparaît comme de l'acharnement thérapeutique. J'en ai plein le tambour, de ces pseudo-traitements irritants et éreintants qui me font tourner à vide. Par moments, je voudrais juste qu'on me débranche et qu'on me laisse m'en aller en paix… Je pense à mon amie de toujours, Maggy, lave-vaisselle de mon cœur. Tant d'années passées à échanger nos tendres borborygmes et glougloutements, moi depuis la salle de bains, elle depuis la cuisine. Jamais un bruit plus haut que l'autre. D'une discrétion à toute épreuve… Une perle. Quand je ne serai plus, donnera-t-elle un cycle silencieux en ma mémoire ? Secrètement, je l'espère. Cela semble dérisoire, mais cela me ferait plaisir. Un programme commémoratif. *Souviens-toi que tu redeviendras poussière*, m'assénait le vieux sèche-linge qui vivait au-dessus de moi autrefois. Je repense souvent à ses paroles. Je l'aimais bien, le vieux, mais avec son âge canonique, il n'était pas vraiment au courant de l'actualité. Retourner poussière, ce n'est pas que je ne veuille pas, mais ce ne sera pas demain la veille. Car mon squelette, même désossé, pourrait mettre mille ans à se dégrader dans la nature. Non que je sois franchement militant écolo, mais je suis comme tout un chacun, je pense aux générations futures, aux jeunes modèles qui méritent d'arriver dans un monde plus respectueux et plus propre. Qui a envie d'une planète qui ressemblerait à une décharge à ciel ouvert ? Bref, mille ans, c'est trop long, alors c'est décidé. Ma dernière volonté sera de léguer mon corps à la science du recyclage. Voilà qui me paraît plus responsable. Ils prélèveraient chacune de mes parties intimes pour leur donner une nouvelle vie. Cela me calme presque, de savoir qu'il n'est pas impossible que je revive dans un autre être électronique. Je ne crois pas en la réincarnation, mais qui sait, je me réveillerai peut-être en grille-pain ou en appareil à raclette ?

Voilà une bien douce version de ton « après ». Tu rêves, songé-je. *La réalité sera possiblement beaucoup plus sordide.* J'imagine alors des mains inconnues déchiquetant mes équipements sans l'ombre d'un scrupule. J'ai soudain l'image affreuse d'un moi décomposé comme les tableaux de Francis Bacon, d'une insoutenable cruauté.

Désormais, aucun assouplissant ne peut apaiser ma peine. Je l'ai entendu tout à l'heure, Jules, le maître bipède dont je partage la vie depuis tant d'années. Il parlait à voix basse en me jetant des regards inquiets. Il est resté accroché une vingtaine de minutes à son téléphone portable en écoutant une insupportable musique qui tournait en boucle. « Veuillez ne pas quitter. Tous nos conseillers sont actuellement occupés, mais nous nous efforçons d'écourter votre attente... » Jules a fini par s'agacer et par me filer un coup de pied dans le ventre. « Saleté de machine ! Tu pouvais pas choisir un autre moment pour me lâcher ! » C'était la première fois qu'il me traitait de la sorte. J'en ai eu les moteurs coupés. Pourtant, j'arrive quand même à l'excuser. Jules n'est plus lui-même, ces derniers temps... Depuis le drame... Il s'est aigri. Dire qu'il était tellement joyeux, avant. Un propriétaire comme on en rêverait tous. On était une belle famille. Naïvement, je pensais que rien ne changerait jamais. Qu'on serait heureux jusqu'à la fin des temps. Comment ai-je pu être aussi bête ? Je dirais bien deux mots à celui qui s'est occupé à ma naissance de mon intelligence artificielle. Mais à quoi bon se lamenter ? La réalité est là : je vais bientôt partir et mon maître se retrouvera encore plus seul qu'il ne l'est. Je n'ai pas de cœur, mais si j'en avais un, il serait déchiré.

On m'appelle Wabo. Le début du mot *wash*, « laver » en anglais, pour ceux qui seraient vraiment fâchés avec les langues. Et les deux premières lettres de ma marque de fabrique, que je ne citerai pas. Je n'ai jamais voulu tomber dans la facilité du placement de produit. J'aime mon nom. Wabo, ça sonne un peu comme Garbo. Moi aussi, à mes débuts, j'étais une vedette. Pendant mes longues heures de tournage, je me faisais mon cinéma. J'étais un modèle star, en tête de tous les palmarès. J'ai reçu des prix prestigieux. On parlait de moi dans la presse. J'avais ma photo dans les journaux. Ce qui ne manquait pas de monter à la tête du jeune lave-linge que j'étais. Jules, mon propriétaire, habitait alors avec une jolie jeune femme, Rebecca. Je me souviens encore du tissu soyeux de ses tenues, des matières et souples et caressantes, dont je m'occupais avec un soin jaloux. Je berçais ses vêtements tendrement et leur soufflait de la vapeur comme on fredonne une chanson, pour chasser les petits plis de leurs soucis. Le couple me choyait, avait plein d'égards pour moi. J'étais lustré à la chamoisine, dorloté avec des lessives de marque au label prestigieux et aux parfums envoûtants. Ma famille adoptive prenait garde de me ménager. Je menais une vie douce et paisible et n'avait guère plus de deux services par semaine à assurer. Un paradis.

Ils me savaient sensible aux accidents de décoloration et connaissaient aussi mon amour pour les couleurs éclatantes. Aussi respectaient-ils scrupuleusement le tri du linge. Jamais ils ne m'auraient fait l'affront de mélanger du blanc avec des teintes plus foncées ! Dans cette petite salle de bains de quelques mètres carrés, j'ai été le témoin historique des plus grands pans de vie de Jules et Rebecca. On n'imagine pas tout ce qu'il peut se passer, dans une pièce d'eau... Je me souviens, leur lune de miel. Elle, dans cette robe d'une blancheur écarlate – un blanc plus blanc que blanc – lui, dans un costume bleu marine, un tissu dont les fibres me paraissaient sensibles et que je n'aurais point voulu laver même en cycle délicat. Je suis traducteur polyvalent de la langue des étiquettes. Pour la plupart, les gens connaissent le sigle rond avec la lettre P à l'intérieur, pour signifier « pressing », mais peu savent que le W indique la nécessité d'un lavage humide par un professionnel – autrement dit, « *wet cleaning* ». Mais je m'égare, déformation professionnelle, dès qu'on parle de processus de nettoyage, je suis embarqué... Voilà donc Jules et Rebecca mariés, amoureux, enflammés, et enfermés dans la salle de bains le soir de leurs noces. Jules avait soulevé sa femme dans ses bras et l'avait déposée sur moi. Je m'étais offusqué intérieurement de la façon dont il avait arraché les boutons de ce bustier merveilleux – n'allait-il pas définitivement abîmer le tissu ? Je m'étonnais du tressaillement *crescendo* de leurs corps, bien différents des miens lorsque je m'emballais pour un lavage. Ils avaient, je dois dire, d'étonnants soubresauts, d'incroyables secousses. J'en étais presque à me dire que je pourrais en prendre de la graine, tant leur performance m'apparaissait inspirante. Enfin, cette impression très favorable retomba malheureusement dès que j'en vins à comparer notre niveau de décibels. Bruyants. Beaucoup trop bruyants. Dommage. Ils ne seraient pas dans les meilleurs classements. J'en gardais une secrète fierté pour mes prouesses personnelles. J'étais, à cette époque encore, une machine pleine d'ego. Les semaines passèrent, et la carrosserie de Rebecca se transforma. Son design évoluait sans cesse. La mode devait être au bombé, me disais-je. Ce n'était pas vilain. Juste curieux. Je préférais de loin la rondeur de mon tambour. Puis un jour, elle redevint comme avant et un troisième « humain » arriva dans la maison et, avec lui, la fin de la sérénité. Je croyais naïvement, après l'épisode qu'un peintre aurait pu appeler *Étreinte à la robe immaculée*, avoir entendu le nombre de décibels le plus haut du monde. J'étais très loin du compte. Une nouvelle question d'ingénierie me taraudait. Comment les concepteurs avaient-ils réussi à faire sortir d'un si petit corps une amplitude de sons aussi impressionnante ? Cela relevait de la prouesse technique. Plus de cent dix décibels… Ce modèle, appelé « bébé », émettait des bruits plus puissants qu'un marteau-piqueur. Je le surnommais « BB110 ». Dans la microscopique salle de bains, je servais dorénavant de *change-fesses*, table à langer, comme j'entendais dire Rebecca. La jeune bipède plongeait BB110 dans une eau tempérée – probablement un peu plus chaude que mon programme délicat à trente degrés. Je me demandais pourquoi diable elle préférait cette grande bassine peu pratique qui lui cassait les reins tandis qu'elle se penchait en avant en tenant BB110 à bout de bras pour le laver. J'en éprouvais une légère jalousie envers la baignoire. Pourquoi Rebecca ne mettait-elle pas directement BB110 dans mon hublot ?

Il ressortirait impeccable en moins de deux ! Les humains sont bizarrement programmés pour réfléchir... Le pire était qu'elle le sortait ensuite sans l'essorer, ce qui avait le don de mettre de l'eau partout. La méthode de séchage de Rebecca laissait à désirer. Une serviette, grands dieux ! Étions-nous encore à l'âge de pierre ? Dommage qu'elle ne parlât pas ma langue. J'aurais pu la conseiller. BB110 se retrouvait donc à gigoter comme un ver sur moi, le culot à l'air, et je me retrouvais à la merci de son tuyau d'évacuation extrêmement mal réglé dont giclaient parfois des projections de liquide jaunâtre fort désagréables. Cependant, rien en comparaison de l'odeur pestilentielle qui emplissait l'air d'autres fois quand il rejetait une matière boueuse malodorante. J'avais beau chercher dans mes fichiers et programmes les pires saletés référencées, je crois que celle-ci battait tous les records. Inexorablement, le rythme des machines s'intensifia. J'ai lavé, lavé, lavé, jusqu'à en être rincé. Essoré par les cycles multiples, impitoyablement enchaînés. Rapidement, j'en eus ras le socle, de tourner trois fois par jour ! Moi qui ne rêvais que de gloire et de paillettes de savon, je me retrouvais enfermé dans une vie de labeur. BB110 grandit. Haut comme trois pommes, il avait plus d'un tour dans son sac pour imaginer des bêtises. Quand je dis « plus d'un tour », c'est peut-être plus de tours que je n'en ferai jamais ! Une fois, il prit mes parois blanches pour une ardoise et entreprit de dessiner aux feutres indélébiles des têtes-à-Toto mais aussi des zanimos, où les pattes et les queues ressemblaient à des cure-dents. J'en avais pleuré des larmes de Javel quand Rebecca m'avait frotté, frotté, frotté, longuement, avec de l'alcool à quatre-vingt-dix degrés. Après cet incident, je n'ai plus jamais retrouvé mon standing d'antan. Je n'étais plus aussi beau ni aussi propre. Cela m'a mis un coup de vieux, de devenir si vite *une seconde main*. Mais *the show must go on* ! comme disent les vedettes. Alors, j'ai continué. Je suis devenu les yeux et les oreilles de la maison. J'entendais tout, je voyais tout, je savais tout. Parfois, BB110, après mes cycles de séchage, venait s'asseoir tout contre moi pour lire un petit livre pour enfant. Il semblait apprécier mon contact chaud et apaisant. Je commençais à bien l'aimer, mon p'tit BB110 ! Un autre jour, il est entré cérémonieusement dans la salle de bains avec sa maman et il m'a confié ce qu'il avait de plus précieux au monde : son doudou lapin. Il a accepté que je le lave, mais je percevais chez lui une indicible inquiétude. « Sois zentil massine ! » BB110 semblait avoir quelques difficultés de prononciation. Mais j'étais programmé pour rectifier les erreurs de ce type. BB110 a mis le précieux doudou dans mon tambour, a refermé la porte, puis m'a fait un petit bisou mignon sur la vitre pour me remercier. Promesse de gentille machine, j'allais nettoyer comme jamais ! Les années passant, deux autres modèles de BB110 arrivèrent. Jules et Rebecca ne vinrent plus jamais unir leurs vibrations sur moi. Trop de linge, trop de tout. De plus en plus souvent, ils se trompaient dans le tri du linge et s'en prenaient à moi quand un pull ressortait tout rétréci ou qu'une nuisette se retrouvait décolorée. Le pire, c'était le mystère de la chaussette esseulée. « Ce n'est pas possible, tu les manges ! » avait crié Rebecca contre moi, tandis qu'elle se retrouvait face à une montagne de chaussettes dépareillées. Déçu, blessé, dépité, je me suis mis à laver plus terne. Je tournais au ralenti. Jules et Rebecca se disputaient de plus en plus souvent. Les 3BB110 devaient user leurs batteries internes. Alors les erreurs se multipliaient elles aussi. Mes propriétaires épuisés oubliaient de vider les poches. Terribles, les mouchoirs ! Les miettes et lambeaux déchiquetés de tissu blanc se collaient sur chaque vêtement et ruinaient tout le travail accompli. On retrouvait de drôles de choses dans ma trappe d'évacuation : des pièces de monnaie, un briquet, une carte bancaire... Le drame eut lieu lorsque Rebecca retrouva l'alliance de Jules dans mes entrailles. Le film s'était rapidement reconstitué : il n'y avait pas eu d'*after work* avec des collègues de bureau, mais un rendez-vous clandestin dans un bar. La bague encombrante avait subrepticement glissé dans la poche pour afficher un annulaire vierge de célibataire innocent. Jules ne nia pas. Rebecca jeta l'anneau dans le baquet de ma consœur Violette, mon amie toilettes. Jules déménagea peu de temps après et je fus associé à son exil : Rebecca ne voulait plus m'avoir sous les yeux. Éternellement, je resterais celui par qui le scandale était arrivé. Mon image serait à jamais associée à la découverte de l'adultère de son mari. Je me retrouvai sanglé dans un camion sordide, bringuebalé sans ménagement dans ce déménagement triste et hâtif. J'atterris dans un appartement trois fois plus petit. À peine la place d'étendre mes tuyaux. Au fil des jours, mon propriétaire est devenu tout gris, plus gris qu'un tee-shirt blanc lavé en même temps qu'un pull noir. Complètement déteint. Et il n'existait aucun remède miracle pour lui raviver les couleurs. Il s'est mis à boire un liquide jaune ambré totalement inefficace. Je l'aurais bien dénoncé à *60 Millions de consommateurs* ! Si l'on m'avait interrogé, j'aurais donné une sale note à ce produit qui paraissait déglinguer encore plus sévèrement mon maître humain. Mais qui se souciait de l'avis d'un pauvre lave-linge ? Jules n'arrivait plus à travailler. Les sous vinrent à manquer. Il me mettait des produits comme il pouvait, de mauvaise qualité, pour réaliser quelques économies. Je travaillais la nuit pendant qu'il dormait. Mes dépôts de calcaire me faisaient un mal de chien pire que des rhumatismes. Toute cette histoire me désolait tellement que j'en avais l'assouplissant coincé en travers de la gorge. Les BB110 me manquaient. Leurs rires. Même leurs gribouillages qui avaient fini par laisser des tatouages indélébiles sur ma devanture. Il fallait que cette situation cesse d'une manière ou d'une autre ! Il me restait un ultime espoir, une dernière carte à jouer. Avant le déménagement, sentant venir la fin, j'ai échafaudé un plan qui avait peu de chances de marcher, mais qu'il me fallait tenter coûte que coûte. Lors de mon dernier lavage, j'ai délibérément arraché un trésor au cœur du linge. Plus précieux que tout. L'œil de doudou lapin ! Au prix d'efforts inouïs, je l'ai gardé dans mes tuyaux pour qu'il ne s'en aille pas avec les eaux usées, j'ai lutté pour le garder en moi et, depuis toutes ces semaines, il repose dans ma trappe d'évacuation, prêt à être récupéré. Si Jules retrouvait l'œil de doudou lapin, il pourrait reprendre contact avec sa famille, peut-être attendrir Rebecca, peut-être se voir offrir une seconde chance ? Cet espoir vira à l'obsession. Je me désespérais car, malgré mes signes pour attirer l'attention de Jules sur mon système de vidange, il était trop anéanti pour les voir. Plus rien ne l'intéressait. Alors j'eus l'idée de cette ultime panne. Des petits hommes en bleu sont venus, m'ont trituré dans tous les sens. L'un d'eux a fini par retrouver le précieux œil en verre. J'ai frémi de tous mes circuits quand je l'ai vu sur le point de le jeter à la poubelle. « Attendez ! » a crié Jules, qui observait la scène. Il a pris la boule recouverte de saleté et l'a passée sous l'eau. Il a reconnu l'objet et a eu comme un éclair. J'avais tout donné. Puis les petits hommes bleus ont livré leur verdict. « Elle est fichue, votre machine. Faut en changer ! » Jules m'a regardé avec tristesse et a acquiescé doucement. Les petits hommes en bleu ont commencé à mettre des sangles tout autour de moi pour m'attacher à un chariot. Le chariot du condamné. J'étais presque résigné lorsque, soudain, sur le pas de la porte, Jules les a arrêtés. « Attendez ! a-t-il répété. Ne l'emmenez pas. Je voudrais un deuxième avis… » Les gars ont haussé les épaules et m'ont déchargé. Je suis resté là, dans un coin de couloir, à attendre la sentence qui me serait réservée. Deux jours plus tard, Rebecca est venue, sans les BB110. Jules a tendu l'œil de doudou comme on tend une bague de fiançailles. Il a beaucoup parlé. D'amour, de famille, d'une union indéfectible qu'il ne fallait pas laisser mourir. C'était si beau que j'en ai versé des larmes de Soupline. Au bout du compte, ils sont tombés dans les bras l'un de l'autre et mes vieux voyants ont souri. J'étais peut-être au bout du voyage, mais j'avais atteint le plus bel objectif dont aurait pu rêver une machine comme moi : réunir ses êtres chers. J'avais gagné cette bataille, mais pas ma guerre. Qu'allait-on faire de moi ? Ils ont discuté de mon sort. J'ai entendu des mots barbares dans la bouche de Rebecca. « Obsolescence programmée ». Quoi ? À ma naissance, ils savaient déjà quand j'allais mourir ? Mon indignation était à son comble ! L'ordinateur de la maison s'est tourné vers moi. Goguenard, il a dit qu'on allait m'emmener aujourd'hui pour me détruire, me désosser. M'écarteler, comme lors des supplices d'autrefois. Est-ce qu'on ne devrait pas avoir le droit de décider de sa date de fin ? J'aurais préféré crever dans une clinique en Suisse, qu'on me donne une pastille d'acide chlorhydrique pour en finir plus vite et sans douleurs. Mes propriétaires allaient-ils vraiment m'abandonner ? Cette fois-ci, des petits hommes en blouses blanches sont venus me chercher. Dans l'embrasure de la porte, j'ai jeté un dernier regard à ma famille. Jules, Rebecca, les trois p'tits BB110. Tous réunis devant moi, une dernière fois. Un camion. Une longue route. Une usine. Des mains posées sur moi, partout. Et puis, le trou noir. Plus rien. C'est peut-être ça, la mort. Bien plus tard, j'ai vu une lumière blanche, d'abord aveuglante. Puis mes voyants se sont habitués. J'ai distingué une forme. Des lettres. Un logo. « Re-cycléco ».

Un homme a tapoté amicalement sur mon dos. « Tu vas pouvoir rentrer chez toi, mon tout beau ! » C'est impossible. Je suis censé mourir. C'était prévu. Programmé ! Je n'y ai cru que lorsque j'ai passé le pas de la porte. J'étais rentré à la maison. Toute la famille autour de moi, souriante, pour accueillir mon retour. Me redonner ma place. M'offrir une deuxième vie ! Le bonheur m'étourdissait et c'est à peine si j'ai entendu Jules s'écrier joyeusement : « Alors Wabo, c'est reparti pour dix ans ? »

Philippe JAENADA

Garçon Crépon

Philippe Jaenada est un écrivain majeur de la littérature contemporaine. Son humour irrésistible et son inimitable autodérision s'entremêlent avec grâce à la puissance de ses livres. Il a publié une quinzaine de romans et a reçu de nombreux prix dont le Prix de Flore pour *Le Chameau sauvage*, le Grand Prix des Lycéennes de *ELLE* pour *Sulak* ou encore le Prix Femina pour *La Serpe*. Son dernier roman, *Sans preuve & sans aveu*, a paru en octobre 2022 aux Éditions Mialet-Barrault.

Quand on me pose la question, je dis que j'ai à peu près tout oublié de mon enfance, et les trois quarts de mon adolescence. Je le dis parce que c'est vrai (je ne mens jamais, sauf quand c'est nécessaire). Mais en cherchant un souvenir aux alentours de mes dix ans, une image, un repère, je me suis aperçu qu'un moment précis, clair, émergeait de la brume opaque, comme une île, un moment douloureux mais dont je comprends maintenant qu'il a changé ma vie. Grâce à Dieu. C'était lors de ma première communion – première et dernière : pour l'autre, la solennelle ou je ne sais quoi, le clergé pourrait toujours courir, et se brosser en même temps.

Dès que j'ai eu quelques grammes de plomb dans la cervelle, vers sept ou huit ans, quand je plissais les yeux pour essayer de distinguer mon avenir, seuls trois obstacles se dressaient en travers de ma route ensoleillée ; imposants, menaçants : le catéchisme, le service militaire et le mariage (la cérémonie du mariage), que je disposais au jugé, sur l'échelle du futur, à dix ans, dix-huit ans et vingt-cinq ans ; si je franchissais sans trop de dégâts ces trois étapes abominables, tout le reste irait comme sur des roulettes de velours. (Je me rends compte que ce sont trois situations qui empêchent par définition la solitude (qui obligent à parler et agir, qui donc font peur), mais où il faut surtout savoir « se tenir », avoir une contenance, un genre de costume, d'uniforme, trois situations où l'on est placé (tout petit, timide) face à l'autorité : celle du curé, du sergent, et de la femme en robe de mariée (qui m'impressionnait bien plus que dix curés et huit sergents réunis, au secours) ; je me rends compte aussi que je n'avais pas beaucoup d'imagination, et qu'on est bien naïf et simplet quand on est marmot : on ne comprend que des années plus tard que le catéchisme, le service militaire et le mariage, en fin de compte, c'est de la gnognote.) Il fallait donc commencer par le catéchisme. J'y suis allé tête basse, comme à l'échafaud, poussé dans le dos par mes propres parents.

Les premiers temps passés, j'ai compris que ce n'était pas si terrible et que je m'en sortirais probablement : je ne connaissais pas les garçons et filles autour de moi, mais ils et elles ne paraissaient pas spécialement agressifs ; m'sieur le curé, plutôt jeune et beau gosse (dans le style ecclésiastique), était à la fois mielleux et rigide, mais après tout pas plus qu'un prof de français ; quand il ne nous faisait pas la morale (ça ne me plaisait pas, ça, j'avais l'impression qu'il avait pour mission de m'apprendre la vie – on a bien rigolé jusqu'à maintenant mais il est temps de redresser la barre avec quelques règles simples : filer doux, marcher droit sous l'œil du Seigneur, rester bien pur et bien propre), il nous racontait des histoires plutôt pas mal, avec de l'action, du suspense et du mystère, ça valait bien *Contes et Légendes d'Égypte* ou *Le Club des cinq et le Passage secret*. (Je me souviens tout de même d'avoir quelquefois tiqué, avec certains de ces récits. Je ne mettais rien en doute (si Jésus est le fils de Dieu, évidemment qu'il marche sur l'eau, c'est la moindre des choses), mais je fronçais parfois les sourcils (que j'avais déjà fournis) d'un air perplexe. Avec l'anecdote du figuier, par exemple. Jésus se promène dans la campagne avec quelques disciples, tranquille, serein, mais tenaillé par une petite faim. Il aperçoit un figuier, impec, ça fera l'affaire. Mais en approchant, il découvre qu'il ne porte pas de fruits, seulement des feuilles. Là, déçu, frustré, il devient comme fou, il maudit le figuier : « Que jamais un fruit ne naisse de toi ! » (Déjà, je me dis le gars est quand même très nerveux, non ? Y a pas de figue y a pas de figue, bon, voilà. Et puis il parle aux arbres ?) Le lendemain, ils refont la même balade de routine : le figuier est tout desséché, mort. Miracle : ça a marché ! Mais, je ne sais pas, ça ne m'a pas beaucoup plu, cette histoire. Je trouvais que ça donnait à Jésus un côté sale gosse capricieux que je n'avais pas envisagé jusque-là. (Le jeune qui entre dans une boulangerie, il n'y a plus de petits crocodiles gélatineux de toutes les couleurs : « Saloperie de boulanger ! », il jette une grenade, il fait tout exploser, « Je suis le fils de Dieeeuuu ! ») Mais surtout, Marc lui-même le dit dans ce qui est considéré comme le tout premier Évangile, donc le plus fiable : « Ce n'était pas la saison des figues. » Qu'est-ce qu'il y pouvait, le pauvre figuier ? Rien. Mais Jésus, quand il a faim, plus rien d'autre ne compte. Ou alors il ne connaît rien à la nature ? C'est le fils de Dieu et il s'emmêle dans les saisons ? Il croit que les fruits poussent toute l'année ? Je tiquais.)

Bref, le catéchisme, grosso modo, ça s'est bien passé. Mais c'est au moment redouté de la communion que tout a basculé ; que la vie m'est soudain apparue sous un autre jour.

D'abord, avant d'avoir droit à l'hostie le jour J, avant l'eucharistie, il fallait, pour la première fois, qu'on se confesse. Pour nous purifier l'âme, pour n'être emplis que de lumière au moment de recevoir le corps du Christ, pour nous réconcilier avec Dieu, a dit le curé. (Nous réconcilier ? On est tout petits, on ne Lui a rien fait, et Il nous en veut déjà ?) C'était très simple, en fait, la confession : il suffisait qu'on avoue tous nos péchés au représentant du Seigneur (en privé, bien sûr, discrètement) et hop ils seraient pardonnés, on serait comme neufs. Nous avions une semaine pour réfléchir, pour faire un sérieux bilan intérieur, séparer le bon grain de l'ivraie (what ?), et surtout ne rien laisser de côté : tout le monde commet des péchés, c'est naturel, mais il faudrait vraiment tout lui dire, sinon la communion se passerait mal (il ne nous a pas précisé ce qui arriverait, mais ce n'était pas rassurant – mal ?). J'étais épouvanté.

Une semaine plus tard, il fallait y passer. Elle avait été mauvaise, la semaine. Avec le recul et la macération du souvenir, il me semble que je n'ai quasiment pas dormi, que j'ai tourné en rond, les yeux exorbités, ruisselant de sueur âcre, que je me suis rongé fiévreusement les ongles et gratté la peau jusqu'au sang, mais c'est sans doute exagéré. Mon problème, c'est que, malgré une très intense introspection, je ne me suis trouvé qu'un seul péché : quelque temps plus tôt, j'avais commencé à me tripoter timidement le soir dans mon lit et découvert que c'était source de joie, à peu de frais (besoin de personne, très peu de moyens, c'était pratique, la vie n'est pas si moche et compliquée). Mais je ne pouvais pas parler de ça au curé… (« Je me secoue le zizi jusqu'à ce qu'il devienne tout dur, mon père, pardonnez-moi. ») Ça me paraissait littéralement impossible, trop pour moi, la honte me broierait. J'étais persuadé d'être le seul au monde à faire ce genre de chose, à être assez tordu pour ça, et je sentais bien, confusément, que ce n'était pas très chrétien, ne nous voilons pas la face : ce n'était quand même peut-être pas l'ivraie (je n'avais toujours aucune idée de ce que ça voulait dire, et à l'époque on n'avait pas Internet), mais ce n'était certainement pas le bon grain. Bon, je prendrais un risque, je dirais que je n'avais jamais commis aucun péché, et voilà. Ça va aller.

Mais le curé ne l'a pas entendu de cette oreille. Il ne m'a pas cru. À mots couverts, gentiment, il m'a fait comprendre que ce n'était pas possible, nous sommes tous des pécheurs, Philippe, même si ce sont de tout petits péchés. Il fallait que je sois honnête avec lui, avec Dieu (que j'imaginais au-dessus de nous, légèrement transparent, pieds nus dans d'imposantes sandales de cuir, les mains sur les hanches, l'air impatient et pas tendre, se demandant s'Il allait devoir faire tomber la foudre sur l'église pendant la communion à cause de ce petit con qui Le prenait pour un abruti). Acculé, le dos au mur, j'ai dû improviser du tac au tac. Il a fallu que je m'invente des péchés pour ne pas avoir l'air d'un menteur. J'ai donc confessé, même si cela me paraissait un peu léger, que j'avais volé de l'argent à ma mère et triché à un contrôle de maths – ce qui était faux, naturellement, à l'époque j'étais blanc comme neige, à part cette histoire de zizi. Le curé a paru très content de moi, j'avais avoué, je m'étais purifié, et j'ai pu revenir dans le monde normal, en croisant les doigts pour que l'église de Sainte-Geneviève-des-Bois soit équipée d'un paratonnerre. (Ensuite, j'ai vu mes petits compagnons d'épreuve passer les uns après les autres dans le redoutable cagibi de l'aveu, certains en sortaient carrément souriants, soulagés, ouf, Dieu ne leur en veut pas, d'autres semblaient sombres ou tristes mais délivrés tout de même… Je me demandais ce qu'ils avaient bien pu révéler au curé, c'était le mystère, l'ahurissement : le vice et la violence régnaient partout sans que je le sache ? Le monde était peuplé de truands et de criminels ? Qui étaient ces enfants ? « Mon père, j'ai braqué une banque, pardonnez-moi » ? « C'est trop lourd à porter, je ne sais même pas si je mérite le pardon : j'ai précipité ma grand-mère dans l'escalier » ?) Quoi qu'il en soit, ce jour-là, j'ai appris deux choses : il n'est pas normal ni même possible de vivre honnêtement, calmement, on ne peut que céder à la tentation du mensonge ou du forfait, dès le plus jeune âge, c'est Dieu qui le dit, ainsi est la nature humaine, tant pis ; et il faut tout reconnaître, se dénoncer soi-même, on n'a pas le droit de garder ses torts et ses erreurs pour soi, c'est encore pire que l'acte en lui-même. La vie ne s'annonçait pas facile. Mais le coup de grâce n'allait intervenir qu'un peu plus tard.

Le curé avait eu l'idée sympathique et ingénieuse, pour agrémenter la cérémonie de la communion et faire plaisir aux familles qui ne manqueraient pas de venir nous soutenir (de venir nous quoi ?), de nous faire jouer une scénette : l'arrestation de Jésus au jardin des Oliviers, la trahison de Judas, il y a tout, là-dedans, de la tension, de la noblesse d'âme et de la bassesse, du drame, du désespoir, de la foi – nickel. Nous allons maintenant distribuer les rôles. Plus personne ne bougeait, on entendait les anges voler. Je me tenais prêt, les mains sur les cuisses.

Toi, Michel, tu feras Jésus, bien sûr.

(Quoi bien sûr ? Pas bien sûr du tout. Pourquoi, qu'est-ce qu'il y a de si évident ? Il a une barbe et des cheveux longs, Michel ?)

Bruno, tu seras notre Judas.

(Ouf, merci mon Dieu.)

Nadège, si tu veux bien, tu incarneras Marie-Madeleine.

(Nadège était – de looiiiin – la plus jolie des trois filles de notre petite troupe. Normal, donc, OK, et de toute façon je ne visais pas le rôle. Bon, en vrai, Marie-Madeleine n'était pas sur les lieux, je pense, mais le curé a raison, on peut adapter un peu, c'est mieux, ça met de l'amour.)

Pierre, Simon-Pierre, sera joué par… Jérôme !

(Merde. Merde merde merde. Je voulais Simon-Pierre. C'est lui qui donne un puissant coup d'épée au serviteur du grand-prêtre venu arrêter Jésus, et qui lui tranche l'oreille. C'est beau, classe, j'aime pas dire des gros mots mais merde, c'était le meilleur rôle.

Non mais Jérôme, franchement, on dirait une belette malade, qui va croire qu'il peut donner un puissant coup d'épée ? N'importe quoi.)

Pascal, tu feras le serviteur du grand-prêtre.

(Ah ah, la honte.)

Patrick, Caroline et François, vous serez des soldats romains. Tu t'attacheras les cheveux, Caroline.

(Je commence à bouger sur ma chaise de bois, je me gratte les genoux, tous les meilleurs personnages sont pris, je crois. Même un soldat, c'était pas si mal.)

Joël, Loïc et Sylvie, vous serez les disciples. Ce sera parfait comme ça, Sylvie, les cheveux.

(Bon. Ne nous affolons pas, rien n'est perdu. Rien n'est jamais perdu. Mais qu'est-ce qui reste ? Un chien ? Il y avait un chien au jardin des Oliviers ?)

Et Philippe, Philippe, eh bien tu feras le livier.

(Le livier ? C'est qui ? Bon, c'est peut-être bien, je sais pas, un personnage mystérieux, laissé dans l'ombre par les Évangiles pour une raison X ou Y (c'est intéressant). Un vieux métier oublié ? Ou une sorte d'agent double ? « Voilà le livier ! Jésus est sauvé ! »)

Comment ça c'est qui ? L'olivier, allons, il nous faut bien un olivier, sinon ce n'est plus le jardin des Oliviers ! Tu seras même le seul olivier, c'est très important, tu les représenteras tous.

La misère et la détresse se sont abattues sur moi comme la malédiction sur le figuier. Je vais incarner un arbre, devant tout le monde, mes parents, ma sœur, mes grands-parents, et sans doute une foule considérable. Mais pourquoi moi ? C'est ça, la justice ? C'est ça, l'amour infini du Seigneur ? Jésus veut que les petits enfants viennent à lui, paraît-il, c'est pour les humilier en les changeant en oliviers ? Qu'est-ce que je lui ai fait, à ce curé ? Je me suis toujours bien tenu, je sais deux prières par cœur, j'ai passé tout un week-end à dessiner la résurrection de Lazare en BD dans mon cahier de catéchisme (en couleurs), et il ne me donne même pas un petit rôle d'humain ?

Il sait que je me tripote, je ne vois pas d'autre explication. (Au moins c'est une raison valable – sinon, si c'est juste arbitraire et cruel, ce n'est plus la peine de s'accrocher à l'existence.) Il sait que je me tripote, il sait que j'ai menti à propos de l'argent de ma mère et du contrôle de maths, Dieu lui a tout dit par télépathie, et voilà, j'ai certainement ce que je mérite. C'est sévère quand même.

Voilà. Voilà comment s'est déroulé ce qui devait être (a priori) le jour le plus important de ma vie : ma vraie rencontre avec Dieu, face à face, ma communion avec le Tout-Puissant. Je m'attendais à me sentir transfiguré par l'ingestion d'une petite partie du corps du Christ, mais l'hostie a eu un goût amer. Car quelques minutes plus tôt, devant une église quasiment pleine et conquise, j'étais debout tout au fond de la scène, les deux bras levés comme des branches, décoré de longues bandes de crépon vert – dans les mains, sur les coudes à angle droit (pour donner l'aspect noueux de l'olivier), sur la tête. J'imaginais mes parents et grands-parents dans l'assistance, consternés et désolés pour moi (je n'avais pas osé les prévenir).

Jésus était assis à mes pieds, le dos lourdement appuyé contre mes jambes, attendant sa grande scène (il s'était même couvert les épaules d'une sorte d'ample cape rouille, je le détestais), Marie-Madeleine roucoulait à ses côtés en faisant la belle (elle pouvait se le permettre – quelle fille, bon sang !), sans m'accorder un regard évidemment (qui se soucie de l'arbre dans le décor ?), les disciples, l'air sérieux et préoccupés, discutaient en faisant les cent pas près de Jésus, Simon-Pierre (pfff...) vérifiait la solidité de son épée de plastique en tournant le dos au public comme s'il était seul au monde, puis les soldats romains et le serviteur du grand-prêtre sont arrivés, l'autre avorton a aussitôt sauté sur le serviteur pour faire mine de lui trancher l'oreille (lequel serviteur n'a pas pu se retenir de lui donner un coup de pied réflexe – manque de professionnalisme évident, mais ce n'est pas moi qui allais plaindre l'ersatz de Simon-Pierre), à côté Judas ricanait à la manière de Gargamel, Jésus s'est levé superbement dans sa cape rouille et s'est rendu aux forces de l'ordre avec courage et confiance, en rejetant sa cape en arrière, Marie-Madeleine s'est pris la tête à deux mains, tragique...

J'étais aux premières loges pour tout voir, c'était l'avantage, bien sûr, mais j'aurais donné n'importe quoi pour être n'importe où ailleurs dans le monde. Pour disparaître. En plus de la honte, je commençais à avoir vraiment mal aux bras, les muscles tétanisés sous tout ce crépon qui pendouillait partout, je ne pouvais même pas grimacer, je devais garder un visage impassible d'olivier. Ce que j'aurais surtout voulu, si je n'avais pas été si petit, si impuissant, c'est mettre mes mains sur mes hanches, et faire tomber la foudre sur l'église. Mais je ne pouvais pas. Je n'avais aucun pouvoir. La seule chose qui me consolait, c'était de me dire que, probablement, hormis ma famille, personne ne faisait attention à moi.

Aujourd'hui, à cinquante-neuf ans, je me vois encore, avec netteté (peut-être pas comme si c'était hier, mais avant-hier matin), pétrifié au fond de la scène, le regard désespéré ou furieux (ça, je ne sais plus – désespéré, je pense), sous mes longs lambeaux verts. Et je me dis, sans exagérer, que ma vie a changé ce jour-là. (Si, si, je suis sûr.) Plutôt en bien, à mon avis. D'une part je me suis débarrassé une fois pour toutes des doutes, espoirs et pressions qu'engendre la religion, ce truc-là ne me concerne plus (je suis gentil mais il y a des limites), et surtout, depuis, je suis comme resté bloqué pour toujours dans la même situation, qui me convient, et même qui me plaît : à l'écart de la scène, au fond ou sur le côté, sans rien de spécial à faire, juste regarder les autres en levant un peu les bras, avec mes livres en bandes de crépon. Ça me va, finalement, je suis bien là, on ne m'embête pas. Merci m'sieur le curé.

Alexandra Lapierre

Les Escarpins, un conte de Noël

Alexandra Lapierre est l'une des rares romancières à enquêter sur le terrain. Pour redonner vie à ses personnages, elle les suit à la trace sur tous les lieux de leurs incroyables aventures, s'imprégnant des couleurs, des odeurs, et fouillant les bibliothèques du monde entier. Elle a reçu de nombreuses récompenses dont, entre autres, le Grand Prix des Lectrices de *ELLE*, le Prix *Historia*, ou encore le Grand Prix de l'Héroïne *Madame Figaro*. Son dernier roman, *Belle Greene*, paru en janvier 2021 aux Éditions Flammarion, est un *long-seller* qui nous raconte une histoire vraie et flamboyante.

J'ai dix ans. Je suis fille unique. Je m'appelle Coralie. Et j'adore me déguiser. Malheureusement, je grandis à toute allure. À chaque anniversaire, je dois demander une nouvelle panoplie de cow-boy avec la chemise à franges, les pistolets et le chapeau. Et à Noël, la tunique noire de Zorro avec la longue cape, le masque et l'épée.

J'aime aussi les trucs qui scintillent, les voiles roses des fées et les baguettes magiques avec des étoiles à paillettes… Mais moins.

L'avantage du divorce de mes parents, c'est que je peux demander à l'un le truc de garçon et à l'autre le truc de fille. Comme ça, je reçois deux déguisements à la fois.

Le désavantage, c'est que mon père me répète à longueur de journée que je ressemble à ma mère ; et que ma mère ne cesse de me dire que je suis le portrait craché de mon père. Et que, dans les deux cas, ce n'est pas franchement un compliment. Pour être plus précise, mon père traite ma mère de traîtresse et de salope. Et ma mère le traite, lui, de menteur et d'escroc. Je suis donc à leurs yeux une traîtresse, une salope, une menteuse et un escroc. Sympa.

C'est peut-être pour ça que j'aime me déguiser en d'autres personnages.

J'adore aussi essayer les fringues de ma mère – celles qui brillent. J'aime trop ses boucles d'oreilles et ses chaussures vernies ! Surtout ses grolles avec des nœuds en strass. Des escarpins du soir, ça s'appelle. Je marche dans tout l'appartement avec, et j'entends les piques qui claquent sur les dalles de la cuisine. C'est génial. Ça fait *clic-tac*, *clic-tac*, *clic-tac*, et ça étincelle de partout. Je peux passer des heures à me balader avec ces machins-là. J'en prends grand soin. J'y fais très attention car je sais que maman y tient. Je les remets toujours à leur place et les range bien en ligne avec les autres dans son placard.

Mais ce matin de décembre-là, maman fonce dans ma chambre et me réveille en me secouant par les épaules.

— Qu'est-ce que tu as fait à mes talons aiguilles ?

J'ouvre un œil.

— Tes quoi ?

Elle répète :

— Qu'est-ce que tu as fait à mes chaussures ?

— Moi ? Rien.

— Menteuse !

Ce terme n'est jamais de bon augure.

J'ouvre grand les deux yeux.

Penchée sur moi, maman a vraiment l'air furieuse.

Elle demande :

— Tu as joué avec ?

— Ben, hier, avec mes copines, on s'est déguisées et…

— Et tu les as cassées !

— Pas du tout.

— Menteuse ! répète-t-elle. Tu as cassé l'un des nœuds.

Je me mets sur mon séant et proteste :

— Je n'ai rien cassé.

— Alors comment se fait-il que le nœud soit complètement arraché ?

— Je ne sais pas. Mais j'ai bien remis tes chaussures dans l'armoire et j'ai tout bien rangé. Je ne les ai pas abîmées.

— Manifestement si.

— Non.

— Pourquoi nies-tu l'évidence ?

Je m'obstine :

— Je les ai essayées mais je ne les ai pas cassées.

— Je ne supporte pas quand tu mens comme ton père !

Elle a crié.

Je crie à mon tour :

— Je ne mens pas !

Elle affecte de se calmer :

— Bon… Eh bien, on va chercher la vérité ensemble. Tu veux bien ? On va interroger Rosie.

Rosie, c'est la femme de ménage, qui vient chaque lundi.

Maman poursuit :

— Ça ne peut être que toi ou elle. Tu es d'accord ? Et tu as confiance en Rosie ?

— Oui.

Entre nous, j'adore Rosie, et c'est réciproque. Elle me défendra.

Dès son arrivée, Rosie sent qu'il y a de l'eau dans le gaz.

Maman l'appelle. Rosie s'approche avec inquiétude. Devant moi, maman, glaciale, lui demande :

— Rosie, juste une question : avez-vous lustré mes chaussures, récemment ?

Dans la seconde, Rosie se croit en faute. Elle marmonne :

— Non, madame. Elles étaient propres et…

Maman la coupe :

— Avez-vous touché à mes escarpins du soir ?

— Non, madame. Je les avais faits il y a quinze jours. Et comme vous m'aviez dit ne pas sortir cette semaine, j'ai cru que c'était suffisant.

— Vous en êtes sûre ?

Elle hoche affirmativement la tête et s'excuse :

— Je suis désolée.

— Ni ce lundi ni celui d'avant ?

— Non, madame.

Pétrifiée par la peur de perdre ses trois heures de travail, Rosie répète :

— Je suis désolée. Excusez-moi. J'aurais dû…

Maman se retourne vers moi.

— Donc c'est toi !

— Non.

— Je t'avertis que si tu ne reconnais pas tes mensonges, tu seras privée de cadeaux de Noël.

Privée de cadeaux ? Mais Noël, c'est dans deux semaines ! J'avais demandé un déguisement de Rouletabille, le détective, avec la loupe et tout ça.

Maman me sent ébranlée et ajoute en guise de conclusion :

— Si tu dis la vérité, si tu reconnais avoir cassé le nœud de mes escarpins, tu ne seras pas punie.

J'hésite.

Se pourrait-il que j'aie arraché son nœud sans m'en apercevoir ? Je revois la scène d'hier avec mes amies. Non, non, non, j'ai bien remis les escarpins à leur place, je les vois très clairement entre les autres chaussures. Le diamant était toujours au milieu et rien n'avait été arraché.

Je concède :

— Il se peut que j'aie abîmé le nœud sans m'en apercevoir. Mais je ne me rappelle pas l'avoir cassé : je n'ai pas menti !

Maman claque la porte :

— Souviens-toi mieux ! Et reconnais la vérité.

Maman a prévenu ma grand-mère et toute la famille qu'on ne devait mettre pour moi aucun cadeau sous l'arbre. Elle leur a expliqué que je m'enferrais dans mes bobards, que j'étais même si fausse que je préférais laisser accuser la femme de ménage plutôt que de me dénoncer. Qu'il fallait tout de suite briser cela chez moi : cette malheureuse propension que je tenais de mon père.

Même la gardienne de l'immeuble est au courant.

Ma grand-mère, qui m'aime beaucoup, est venue me trouver en catimini dans ma chambre.

— Dis que c'est toi qui as cassé l'escarpin, me conseille-t-elle.

— Mais, mamie, je ne l'ai pas cassé.

— Ça ne fait rien. Dis-le. Qu'est-ce que ça te coûte ? Et en plus, si ça se trouve, tu l'as vraiment cassé !

Le ton de mamie est si tendre et son regard si désolé que je ne sais plus où j'en suis.

La journée fatidique où j'ai essayé ces grolles avec mes copines passe et repasse dans mon esprit.

J'y reviens mentalement sans arrêt.

Aurais-je loupé quelque chose ?

C'est bien moi qui les avais aux pieds.

Et c'est bien moi qui les ai remises à leur place.

Et je les revois très clairement, entre les autres chaussures, avec leurs deux nœuds et leurs deux diamants au milieu.

— Je ne peux pas reconnaître ce qui n'est pas. Ce ne serait pas la réalité.

— Es-tu certaine de la réalité ?

— La réalité, c'est que je n'ai pas menti !

— Ton obstination me fait beaucoup de peine, Coralie. Et elle nous en fait à tous.

Mamie a l'air tellement triste !

Je voudrais m'excuser, lui demander pardon.

— Mais, mamie, si je dis que j'ai cassé le nœud, c'est là que je mentirais.

Mamic soupire.

Elle me regarde avec sévérité, maintenant.

— Tu crois que ça fait plaisir à ta mère de te priver de Noël ? Tu lui gâches sa fête, à elle aussi. À elle surtout !

Mamie quitte ma chambre, comme si elle portait le ciel sur ses épaules.

Elle referme la porte en soupirant :

— Réfléchis, ma chérie. Mais je t'en supplie, ne t'acharne pas.

Je me sens accusée de façon injuste et pourtant je me sens coupable.

Je n'y comprends plus rien.

D'un côté, les adultes me demandent d'être honnête et de toujours dire la vérité. De l'autre, ils exigent que je dise le contraire de la vérité et reconnaisse sur moi quelque chose de faux, pour qu'il aient la paix.

Je suis complètement perdue.

L'idée de leur gâcher Noël me désespère. Pauvre maman. Pauvre mamie.

Je ne sais plus ce qu'il faut dire, ce qu'il faut faire.

Je ne sais plus ce qui est vrai, ni ce qui ne l'est pas.

La seule chose que je sais, c'est que, quand j'ai dit à maman que je n'avais pas cassé son nœud, je ne *mentais pas* !

On est à la veille de Noël. Maman et mamie tirent une tête d'enterrement. Même mes tantes et mes oncles me font la gueule. Même Rosie, qui se lamente : j'ai dix ans et je suis privée de Noël ! « Malheureuse petite ! » râle-t-elle en mettant la table du 25 décembre pour toute la famille, sauf pour moi. « Quel gâchis, du fait de son entêtement ! »

Chacun pense qu'il me serait si facile de reconnaître ma faute, cette bêtise dont tout le monde se fout : j'ai cassé un nœud d'escarpin, et alors ? À force de nier la vérité, j'ai fait d'une vétille une catastrophe.

Le repas ne sera gai pour personne.

« Je me moque de mes chaussures, s'emporte maman, je n'en ai même rien à fiche... Mais c'est une question de principe ! »

Quant à moi, je pleure toute la journée. Je suis même sur le point de craquer. De sortir de ma chambre, de courir dans les bras de maman et de crier : « J'ai menti, j'ai menti, j'ai menti »... Même si ce n'est pas vrai.

Mais au dernier moment, je me souviens que je suis Zorro, que je suis Rouletabille, que je suis tous les cow-boys de la Création qui recherchent la vérité.

Et la vérité, c'est que je n'ai pas menti !

Le matin de Noël, j'ai ordre de rester dans la cuisine : on m'a interdit de participer à la cérémonie des cadeaux. J'entends à travers la cloison les exclamations de mes petits cousins qui déchirent les papiers.

Toute seule en chemise de nuit, je renifle devant mon Ovomaltine.

Quelqu'un sonne à la porte de service, près de l'évier. C'est la gardienne qui vient présenter ses vœux à mamie. Je lui ouvre. Elle est portugaise et elle a dû quitter son village, laisser sa fille là-bas pour lui offrir une éducation.

Elle tient à la main une petite boîte en forme de tube, avec plein de rubans roses qui bouillonnent en chou et dégoulinent le long du paquet.

Elle me le tend :

— C'est pour toi.

Je bougonne :

— J'ai pas le droit, Maria.

— C'est pour toi !

J'hésite et explique :

— Je suis privée de Noël.

— Je sais, mais c'est pour toi.

Elle esquisse le geste de défaire elle-même le nœud. À ce stade, je prends le paquet et termine de l'ouvrir.

… Un Bic à quatre couleurs, tout constellé de diams' et de strass !

Elle me montre le bloc à commissions et me dit :

— Essaie d'écrire avec.

L'encre est luminescente. Le rouge, le bleu, le noir, le vert rutilent et scintillent sur le papier. Jamais je n'ai vu un tel feu d'artifice de lumières et d'étoiles.

Je lui saute au cou.

Le plus beau cadeau de ma vie !

*
* *

Aujourd'hui, quarante ans plus tard, ce Bic magique se trouve encore sur mon bureau. Je suis devenue avocate, spécialisée dans le droit des enfants, et il m'arrive de m'en servir pour signer mes plaidoiries. En vérité, je n'ose pas trop l'utiliser, mais je le conserve près de moi.

L'autre jour, dans l'une des galeries du tribunal, une consœur m'a aimablement abordée. Elle m'a dit que nous avions été en classe ensemble. J'avoue ne pas l'avoir reconnue. Elle m'a donné son nom de jeune fille, et a ajouté que je l'invitais souvent chez moi, quand nous avions dix ans. Que nous adorions nous déguiser et essayer les chaussures de ma mère. Qu'elle en avait même cassé une. Elle s'en souvenait parfaitement : un escarpin avec un nœud de diamant, elle n'avait pas osé me le dire.

Elle a ri. J'ai ri avec elle.

Lorsqu'elle s'est éloignée, je suis restée plantée là, mes papiers et ma toge dans les bras, mon Bic à la main. Quelques secondes, j'ai joué avec ses couleurs, passant de l'une à l'autre, les faisant rêveusement sauter avec de joyeux *clic*.

Tel un kaléidoscope dans la nuit, il continue pour moi d'illuminer la réalité. Pas un instant, pas un seul, ses étoiles à mes yeux n'ont cessé de briller !

Cyril Lignac

Cake marbré au chocolat

Cyril Lignac est un chef cuisinier et chef pâtissier. Propriétaire de plusieurs établissements, il est aussi l'auteur de nombreux livres de cuisine et anime plusieurs programmes télévisuels. Faisant partie des personnalités préférées des Français, Cyril Lignac sait mieux que personne décrire le bonheur de croquer dans une chocolatine ou nous faire sentir l'odeur du poulet rôti par écran de télé interposé.

J'ai dix ans.

Dix ans d'enfance heureuse au cœur de l'Aveyron, de joie, de fougue et d'insouciance, dix ans de gourmandise, de convivialité, de bienveillance.

J'ai grandi en aidant ma mère à faire des confitures avec les fruits du jardin et en observant mon père découper le canard pour en faire des conserves pour l'hiver. C'est dire si mon enfance fut imprégnée de cuisine, de ces moments de vie, de ces histoires de goûts. L'une d'elles s'inscrit parmi les souvenirs marquants de mon enfance, celui du gâteau marbré que nous réalisions ma sœur et moi le mercredi après-midi. Elle faisait la pâte à la vanille, je faisais celle au chocolat, tous deux l'un à côté de l'autre en nous disputant d'avance pour savoir qui allait racler le saladier à la cuillère.

Le cake marbré de mon enfance m'évoque avant tout un souvenir heureux en famille. Quand j'en mange une part aujourd'hui, je suis à la fois le Cyril adulte et le petit garçon de dix ans dans sa maison de l'Aveyron.

Je suis ravi de transmettre cette recette de cake marbré et tout ce qu'elle m'évoque : le partage, la générosité, l'amour, la simplicité… à l'image de ce recueil de nouvelles qui fête cette année ses dix ans.

Cake marbré au chocolat

TEMPS DE PRÉPARATION : 20 MINUTES
TEMPS DE CUISSON : 45 MINUTES

POUR 4 PERSONNES
Pour la pâte à la vanille :
– 1 gousse de vanille
– 130 g de sucre
– 30 g de beurre
– 5 jaunes d'œufs
– 7 cl de crème liquide entière
– 100 g de farine
– 2 g de levure chimique
Pour la pâte au chocolat :
– 20 g de cacao en poudre
– 30 g de beurre
– 4 jaunes d'œufs
– 110 g de sucre
– 6 cl de crème liquide entière
– 90 g de farine
– 2 g de levure chimique
Beurre et farine pour le moule

Préchauffer le four à 165 °C. Beurrer et fariner un moule à cake.

Pour la pâte à la vanille, fendre la gousse de vanille dans le sens de la longueur, gratter la pulpe avec les graines, mettre le tout dans le sucre pour lui donner un goût de vanille.

Dans une casserole, faire fondre le beurre.

Dans un saladier, fouetter les jaunes d'œufs avec le sucre vanillé. Ajouter la crème liquide puis la farine et la levure, fouetter de nouveau. Incorporer le beurre fondu. Garder de côté.

Pour la pâte au chocolat, faire fondre le beurre dans la même casserole.

Dans un saladier, fouetter les jaunes d'œufs avec le sucre et le cacao.

Ajouter la crème liquide puis la farine et la levure.

Incorporer enfin le beurre fondu. Garder de côté.

Dans un moule à cake, verser la moitié de la pâte à la vanille, puis la pâte au chocolat, puis la moitié restante de la pâte à la vanille. Avec une maryse, former des marbrures. Enfourner pour 45 minutes.

Vérifier la cuisson avec la pointe d'un couteau : quand il sort gras sans pâte, c'est que le cake est cuit. Le démouler et le déposer sur une grille.

Agnès Martin-Lugand

Où en serions-nous aujourd'hui ?

Agnès Martin-Lugand est l'auteur de onze romans, tous salués par le public et la critique. Avec des millions d'exemplaires vendus, elle a conquis le cœur des lecteurs en France comme à l'étranger, et est devenue en quelques années une des romancières préférées du public. Son dernier roman, *L'Homme des Mille Détours*, a paru en septembre 2023 aux Éditions Michel Lafon.

Le feu de cheminée qui réchauffait cette soirée d'hiver avait provoqué une bouffée de nostalgie. Calée dans les coussins du canapé, je feuilletais de vieux albums photo en sirotant un verre de vin rouge servi par Éric. Il ne tarda pas à me rejoindre. Lorsqu'il découvrit ce que je faisais, son visage se para d'une mine attendrie.

— On les regarde ensemble ? me proposa-t-il.

Je me blottis contre lui.

À travers les albums que je m'appliquais à remplir, nous parcourûmes la dernière décennie. Notre histoire commune. Il nous avait fallu moins d'un an pour nous décider à habiter ensemble. Dimitri et Louise, du haut de leurs douze ans, commençaient à s'habituer au couple que nous formions. Nous ne supportions plus les allers-retours entre chez lui et chez moi. Et surtout, nous souhaitions rattraper le temps perdu. Nous étions passés l'un à côté de l'autre cinq ans plus tôt, nos mariages respectifs y étaient pour beaucoup, sans oublier que nos enfants avaient été des amoureux d'école primaire. Le hasard, la vie, des amis communs avaient fini par nous réunir. Les fous rires s'enchaînèrent au souvenir de notre crémaillère chaotique, de l'achat de notre maison de vacances, de nos engueulades, de mes défauts – mon étourderie et ma faculté à ne pas entendre le réveil, ceux d'Éric – son manque de spontanéité et sa maniaquerie. Le départ de Dimitri et de Louise de la maison.

On échangea un regard complice. Il pensait à la même chose que moi. Bien que nous les sachions parfaitement épanouis, nos enfants respectifs nous manquaient. Dimitri, mon fils de vingt ans, avait quitté la maison deux ans auparavant pour parcourir le monde en quête de lui-même et d'un projet pour sauver la planète, il était en train de réussir. Louise, la fille d'Éric, se passionnait pour ses études de vétérinaire – son rêve depuis toujours. L'un et l'autre menaient leur jeune vie d'adulte et nous rappelaient que les années filaient. Malgré quelques élans de cafard, nous étions plus qu'heureux de nous retrouver en tête à tête. L'émancipation de nos enfants nous offrait une forme de liberté, presque une jeunesse retrouvée.

— Sophia…

Je me tournai vers lui, surprise par son ton lointain, comme s'il était parti à des années-lumière, ses yeux étaient eux aussi dans le vague.

— Quoi ?

— Tu regrettes ?

Son sourire en coin apparut accompagné par son regard doux, ce qui me permit de saisir immédiatement son allusion. Je poussai un profond soupir, décontenancée. Je crois que j'évitais de penser à ce sujet.

— Je ne vais pas te mentir, ça me traverse l'esprit de temps en temps… Des regrets… je ne sais pas… Et toi ?

Il souffla de la même manière.

— Non, je ne crois pas… mais ça aurait été bien quand même…

— Très bien, oui…

Il me serra plus fort contre lui. Cette fois, on poussa le même soupir de mélancolie.

— Où en serait-on aujourd'hui ? poursuivit-il.

Je ris, fatiguée à cette simple idée, tout en étant saisie d'un pincement au cœur envieux.

À peine deux mois après notre installation, moi qui traînaillais toujours au lit, un matin, j'ouvris les yeux et la panique générale m'avait fait bondir du lit. Tandis que j'entendais Éric siffloter sous la douche – dès le réveil, il avait une énergie qui dépassait l'entendement –, je tournai en rond dans notre chambre. Je recommençais mes calculs encore et encore, et je luttais contre la réalité, tout en me demandant comment j'allais lui annoncer un truc pareil.

Il me trouva la tête entre les mains, assise par terre au pied de notre lit alors qu'il sortait de la salle de bains. Il se précipita vers moi.

— Qu'est-ce qui se passe, Sophia ?

— Euh… je… On…

— Quoi ? Je ne comprends rien, tu as mal quelque part ? Tu ne te sens pas bien ?

Il paniquait, il n'était pas au bout de ses peines.

— Je ne sais pas… enfin… si, je sais ce que j'ai… Assieds-toi, ça va te faire drôle.

— Tu me fais peur…

— Attends la suite avant d'avoir peur…

— Dis-moi ! s'énerva-t-il.

Il resta accroupi. Tant pis pour lui.

— J'ai du retard.

Il fronça les sourcils, à mille lieues de réaliser.

— Éric, je suis enceinte.

Lui toujours maître de ses réactions bascula en arrière et tomba lourdement sur les fesses.

— Impossible…

— Tu devrais savoir que je suis réglée comme du papier à musique, depuis le temps !

— Tu as combien de retard ?

— Quinze jours.

Il blêmit davantage. Je lui expliquai que je me connaissais. Pour Dimitri, j'avais eu la grossesse parfaite, sans nausées, sans désagréments, si ce n'étaient une fatigue permanente et des seins lourds et plus volumineux. Maintenant que j'ouvrais les yeux, je découvrais combien j'aurais dû m'en douter plus tôt. J'étais épuisée dernièrement, j'avais mis ça sur le compte de mes petites nuits, occupée à tout autre chose qu'à dormir et à ma fébrilité amoureuse. Quant à mes seins, je baissai le nez vers eux, les yeux d'Éric suivirent le même trajet, il acquiesça d'un mouvement de tête.

— Je suis désolée, lui dis-je.

— Ah non, Sophia, je ne veux pas entendre ça ! On est deux dans l'affaire, me rétorqua-t-il un sourire au coin des lèvres.

Il enveloppa mes mains dans les siennes. J'étais perdue, terrifiée, folle de joie. Avec mon ex-mari, le père de Dimitri, la question d'avoir un deuxième enfant ne s'était jamais posée. Heureusement, quand on pensait à la manière dont notre histoire s'était finie. Pourtant, cela avait toujours été un regret que Dimitri soit fils unique. L'arrivée de Louise dans sa vie avait compensé ce manque, du moins l'espérais-je. Mais un enfant d'Éric, de nous deux, serait indéniablement la preuve de notre amour, notre engagement, comme un cri au monde que nous étions faits l'un pour l'autre, un lien indéfectible entre nos enfants. Un bébé souderait notre famille recomposée. Je n'étais pas irresponsable pour autant – malgré ce que beaucoup de gens pensaient de moi –, nous frôlions les quarante ans, nous ne formions un couple que depuis un an, nos enfants respectifs étaient des ados. Sans compter que jamais nous n'avions évoqué la plus petite hypothèse, la moindre envie d'avoir un enfant. Bref, rien de raisonnable pour justifier que nous en fassions un.

— Qu'est-ce qu'on fait ? lui demandai-je d'une petite voix.

— Je sais que tu es sûre de toi, mais peut-être qu'on pourrait attendre un peu avant que tu fasses un test, ça va nous laisser le temps de réaliser.

Ce fut plus fort que moi, un rire s'échappa de ma bouche. Il était fébrile, lui toujours prêt à affronter la situation préférait se dérober, et ça ne me rendait que plus amoureuse de lui.

— Tu as la trouille ? me moquai-je gentiment.

Il se passa une main nerveuse dans les cheveux.

— Un peu, me répondit-il, un sourire penaud aux lèvres.

— Moi aussi. Tu as raison, attendons, c'est peut-être juste du retard… Après tout, j'ai vieilli depuis Dimitri, et puis, ce n'est pas comme si j'avais oublié ma pilule. On ne va pas s'affoler pour si peu !

Il parut soulagé. Je l'embrassai délicatement et lui murmurai à l'oreille que je l'aimais.

Ensuite, on se prépara pour notre journée, mettant tout en œuvre pour faire comme si de rien n'était. On parla naturellement de Dimitri et Louise, que l'on récupérait pour le week-end, du boulot, des courses à prévoir pour le dîner. Éric me déposa devant mon bureau comme chaque jour.

— Ça va ? me demanda-t-il avant que je quitte de la voiture.

— Promis.

Les jours suivants furent étranges. J'avais le sentiment de marcher sur du coton. Je me concentrais régulièrement pour écouter le moindre signe de mon corps qui me fournirait une indication. J'avais l'impression d'être différente, de me tenir étonnamment plus droite, de me sentir plus forte. Je ressentais comme une forme d'épanouissement sur lequel j'aurais été bien incapable de mettre des mots, ce n'était pas palpable. Indéniablement, il se passait quelque chose à l'intérieur de moi. À moins que je ne sois sous le coup d'un fantasme.

J'étais débordée au boulot, ce qui me permettait de mettre de côté « le retard ». Il me traversait l'esprit lorsque j'allais aux toilettes. Dans ces instants, j'étais comme coupée en deux, et ça me faisait peur. Je rêvais que mes règles soient arrivées, et je les redoutais plus que tout. Je n'avais aucune idée de ce dont j'avais envie. Je pensais à ce bébé, avec la conscience viscérale que je l'aimais déjà plus que ma vie, j'espérais le moment où je le sentirais vivant dans mon ventre, j'attendais le coup de pied, l'impossibilité de trouver une posture pour dormir, j'avais déjà mal de l'accouchement, je me voyais avec lui dans les bras, je sentais son odeur, la douceur de son petit crâne, j'avais la sensation de sa main se refermant sur mon doigt, j'aurais presque pu entendre ses premiers gazouillis. Dans la seconde suivante, je songeais à tous les bouleversements que ce bébé impliquerait, et j'étais traversée par la colère. Pourquoi le syndrome du petit troisième nous tombait-il dessus ? Je n'en voulais pas, je ne voulais pour rien au monde que ce qu'Éric et moi étions en train de construire vole en éclats. J'avais passé l'âge des couches, des biberons, de nuits hachées, des inquiétudes permanentes pour un nourrisson, j'avais déjà bien assez sur le dos avec son grand frère. Et là, je me mettais une claque intérieure. Son grand frère ! Et puis quoi, encore ! Dimitri ne l'était pas et ne le serait pas, il ne le serait jamais, d'ailleurs. Tout comme Louise. Je ne pouvais pas être enceinte, c'était impossible !

Chaque soir, lorsque nous nous retrouvions avec Éric, à la minute où nos regards se croisaient, il m'interrogeait silencieusement. Et je ne savais jamais comment lui répondre. Un hochement de tête négatif pouvait signifier tout et son contraire. « Toujours rien. » « Je ne suis pas enceinte, j'ai mes règles. » Alors j'étais obligée de parler.

— Aucun changement.

À son expression, je comprenais qu'il était tout aussi perdu que moi. Déçu et heureux.

Par mesure de précaution, je ne buvais plus de vin durant le dîner. Éric ne m'avait pas influencée. Le premier soir, il avait penché la bouteille vers mon verre, prêt à me servir.

— Je vais éviter. Je crois que j'ai besoin d'une petite détox, lui avais-je annoncé en riant.

Il avait ri à son tour et rebouché la bouteille.

— J'en ai besoin moi aussi, m'avait-il répondu.

— Si jamais… Tu ne vas pas t'en priver pendant neuf mois !

— C'est l'affaire de quelques jours !

Il avait raison dans un cas comme dans l'autre.

À la fin de la semaine, j'étais à bout de ma patience, je devais savoir. Aussi, en quittant le travail, je fis un énorme détour pour passer dans une pharmacie où je ne risquais pas de rencontrer quelqu'un que je connaissais. Je n'avais aucune envie que ça jase déjà ! D'une main tremblante, j'attrapai un test de grossesse dans un rayon avec le sentiment de commettre un acte illégal. En arrivant à la maison, je le rangeai dans le placard de la salle de bains, décidée à le faire le lendemain matin.

Puis je ressentis comme un appel. Je profitai du calme – Éric récupérait Louise après son travail et Dimitri n'arriverait pour sa semaine avec nous qu'après son entraînement de basket. Je montai au grenier, récupérai une vieille malle et m'assis à même le sol. Je la caressai affectueusement. Dimitri avait été au comble de la gêne lorsque Louise avait compris son contenu au moment de l'emménagement. J'avais conservé sa layette et ses premiers doudous. Je finis par l'ouvrir. Tout était propre, repassé, et sentait bon les sachets de lavande que j'avais glissés dedans. Durant une heure, je redécouvris ses bodies, ses pyjamas, grenouillères, salopettes et turbulettes. Je savourais leur douceur et tous les souvenirs qu'ils me rappelaient. Je me disais qu'un autre bébé les porterait. Au loin, j'entendis la porte d'entrée claquer, ils arrivaient tous en même temps. Je remballai ces trésors sans traîner et leur criai que j'arrivais. Au moment de quitter le grenier, pour la première fois, je fus saisie d'un geste tendre, je posai ma main sur mon ventre et murmurai « Accroche-toi ».

La soirée se déroula dans la joie des retrouvailles. Dimi et Louise étaient tellement occupés à nous raconter leur semaine passée chez leur autre parent qu'ils ne remarquèrent pas les échanges de regards entre Éric et moi – impossible d'aborder ce qui nous préoccupait devant eux, bien trop tôt –, ils ne relevèrent rien de particulier dans notre attitude, à mon plus grand soulagement. Je n'attendais que d'aller me coucher, et de me retrouver en tête à tête avec Éric, mais il fallait entretenir un mythe, leur offrir ce qu'ils attendaient de nous, peu importaient ma fatigue et le reste. Une répétition générale pour les prochaines années, me répétai-je, amusée.

Sitôt la porte de notre chambre refermée, Éric poussa un profond soupir de soulagement, ce qui me fit rire. Quelques minutes plus tard, nous étions au lit. Une fois la lumière éteinte, il se cala dans mon dos, son bras s'enroula sur ma taille et sa main se posa à son tour sur mon ventre. Il le caressa d'un mouvement doux, paternel, rien à voir avec ses caresses de désir, il me serra plus étroitement contre lui, et je me lovai contre son torse, je me sentais protégée, aimée, je *nous* sentais protégés et aimés.

— Alors, il y a un petit nous dans ton ventre ? me chuchota-t-il.

— Je crois bien…

— Tu es différente, c'est toi, mais toi en plus forte. On va y arriver, j'en suis certain. On en est capables…

— Tu veux ce bébé ? murmurai-je.

— Oui, maintenant qu'il est là. Et toi ?

— Moi aussi, je le veux. On n'aurait pas choisi de l'avoir, mais aujourd'hui, la question ne se pose pas… Louise et Dimi, qu'est-ce qu'ils vont dire ?

— Ils vont râler, mais ils n'ont pas le choix… et ils aimeront leur petit frère ou leur petite sœur comme nous on l'aime déjà… Il ou elle nous fait peur, mais on l'aime…

— J'ai acheté un test cet après-midi, je n'en peux plus, d'attendre.

Il rit contre mon cou.

— J'étais prêt à trouver une pharmacie de garde cette nuit pour aller en chercher un.

Je m'endormis paisiblement, enveloppée d'une douceur comme j'en avais rarement connu. Elle s'évapora au cœur de la nuit lorsque la douleur me réveilla en sursaut. Elle irradiait dans mon ventre, mes jambes. Je me pliai en deux, cherchant par tous les moyens à l'étouffer. Je voulais croire qu'en me recroquevillant sur moi-même j'allais réussir à retenir ce qui s'échappait déjà sur mes cuisses. Rien à faire, ni mes larmes, ni les bras d'Éric qui me serraient, ni mes contorsions ne parvenaient à contenir le sang chaud et poisseux qui coulait de mon corps. Il me fallut plus d'une heure pour me décider à me lever. Je me traînai jusqu'aux toilettes et m'assis lourdement. Je restai ce qui me sembla une éternité, les yeux dans le vague, traversée par des bouffées de chaleur et de terribles frissons. Éric finit par venir me récupérer.

— Viens te recoucher, tu ne vas pas rester là toute la nuit. Essaie de te reposer.

Avec des gestes d'une infinie délicatesse, il me releva, m'aida à enfiler une culotte, me tendit une serviette hygiénique, il passa un gant de toilette frais sur mon visage, puis il me donna un verre d'eau et un antidouleur. Ensuite, il me porta jusqu'à notre lit, il remonta la couette sur mon corps, il se glissa à mes côtés, se cala contre mon dos, et posa avec la même douceur que quelques heures plus tôt sa main sur mon ventre. Il me murmura qu'il m'aimait jusqu'à ce que je me rendorme.

Le lendemain, on se réveilla avec le sentiment d'avoir la gueule de bois. J'avais mes règles, mais j'étais incapable de me dire que ces derniers jours n'avaient été que du retard. C'était autre chose. Autre chose que j'étais en train de perdre. Le regard de mon homme me transmettait la même impression. Nous étions l'un et l'autre encore perdus. Soulagés et tristes à la fois. Ne sachant toujours pas ce que nous désirions. Pour lutter contre notre moral en berne, on décida de partir sur un coup de tête en week-end. Dimi et Louise, après la surprise, furent ravis. Et notre vie reprit là où elle s'était arrêtée une semaine plus tôt. Plus jamais il n'y eut de retard, et on ne chercha pas à en provoquer.

Éric me ramena dans le présent.

— Attends, aujourd'hui, il aurait…

— Pourquoi « il » ? le charriai-je.

Il éclata de rire.

— C'est vrai que tu as toujours pensé que c'était une fille !

Je lui souris tendrement.

— Elle ou il finirait l'école primaire et entrerait au collège.

— Déjà… ça serait passé encore plus vite avec lui ou elle…

— Tu sais que je n'ai jamais jeté le test de grossesse ?

— Oui, je le vois régulièrement dans l'armoire à pharmacie.

— Il est peut-être temps…

Un peu plus tard, je me préparai pour aller me coucher. Éric arriva dans mon dos, enroula son bras autour de ma taille. Je récupérai la boîte en carton et la fis tomber dans la poubelle.

— On a fait un enfant, Éric… j'ai été enceinte de toi. Rien ni personne ne m'ôtera ça de l'esprit.

— Il a été là, j'en suis tout aussi convaincu…

Je posai ma main sur mon ventre, la sienne la rejoignit. Il cala sa tête dans le creux de mon épaule et me fixa amoureusement dans le miroir.

— Il nous a permis de comprendre qu'on ne se trompait pas, tous les deux, qu'on aurait pu. Jamais on n'aurait décidé de le faire. Sans lui, on n'aurait jamais su. Et aujourd'hui, il aurait dix ans.

Romain Puértolas

L'Appartement

Romain Puértolas a fait une entrée fracassante en littérature car son premier roman, *L'Extraordinaire Voyage du fakir qui était resté coincé dans une armoire Ikea*, a été encensé par la presse et le public, et récompensé par le Prix Révélation de la Rentrée Littéraire en 2014. Traduit dans une cinquantaine de pays, auteur d'une dizaine d'ouvrages, son dernier roman, *Les Ravissantes*, a paru aux Éditions Albin Michel en avril 2022.

— Vous voulez que je vous raconte une histoire extraordinaire ?

— Dites toujours, du moment que vous arrêtez de bouger la tête. Je vais finir par vous couper les oreilles.

— Eh bien voilà, un jour, un garçon est entré dans l'agence immobilière où je travaille et m'a dit : « J'aimerais acheter un appartement dans le quartier. » Au début, j'ai cru que j'avais mal compris. Les seuls enfants qui entraient d'habitude étaient bien incapables d'aligner trois mots, et généralement, c'était pour me demander l'adresse du centre de loisirs qui se trouve à deux pâtés de maisons d'ici, vous savez, cette espèce d'asile pour ados et adultes attardés qui passent leurs journées à danser sur des machines ou à tuer des zombies à coups de pistolet, quand ils ne sont pas en train de fumer des cigarettes en cachette. Bref, je l'ai regardé des pieds à la tête. Il ne devait pas avoir plus de dix ans. Ses copains avaient dû me l'envoyer pour gagner une espèce de pari stupide. Style t'es-pas-chiche-d'aller-dire-ça-au-con-de-l'agence. Il avait dû apprendre la phrase par cœur. Voyant que je ne réagissais pas, il a repris la parole : « Monsieur, j'aimerais savoir si vous avez un appartement disponible dans le quartier. Pas moins de cent cinquante mètres carrés, avec une grande baie vitrée orientée plein sud pour avoir du soleil. » Rien que ça ! En vingt ans de carrière, il ne m'était jamais arrivé un truc pareil. Je lui ai répondu que l'on n'achetait pas une maison comme on achète un pain au chocolat. Vous savez ce qu'il m'a répondu ? « Qui a parlé de maison ? Je recherche un *appartement*, et si je voulais un pain au chocolat, j'irais dans une boulangerie. » Il avait le sens de la repartie, ce gamin. Et pour le coup, c'est moi qui suis passé pour un con. Au début, la situation m'a amusé, et puis je me suis rendu compte qu'il était on ne peut plus sérieux. « Ce que j'essaie de vous expliquer, jeune homme, c'est que, pour acheter un appartement, il faut être… adulte. – C'est donc une question d'âge, si je comprends bien ? – Pas tout à fait, c'est juste que, quand on est adulte, eh bien cela suppose que l'on a un travail, que l'on gagne un salaire et que l'on peut donc rembourser le crédit que l'on a demandé à la banque. Ce sont de gros frais qui s'échelonnent sur plusieurs dizaines d'années en règle générale. Voilà pourquoi les enfants n'achètent pas de biens immobiliers. Par contre, si ton papa veut venir en discuter avec moi, ce sera un plaisir. Je vais te donner ma carte. » Vous n'allez pas me croire. Au moment où j'allais lui en donner une, il a ouvert tranquillement son petit sac à dos en forme de crocodile, en a sorti son goûter puis a déballé sur mon bureau des liasses entières de billets de cinq cents euros.

*
* *

— Qu'est-ce que vous avez fait ? me demanda le coiffeur en essuyant son peigne sur son tablier avant de le replonger dans ma tignasse.

Dans son autre main, des ciseaux cliquetaient sans jamais s'arrêter comme les griffes d'un chien sur un parquet infini, ou celles d'un hamster dans une roue.

— Qu'est-ce que vous auriez fait à ma place ?

— Je ne sais pas, je ne travaille pas dans la vente. Et puis c'est moi qui vous ai posé la question.

— Je n'avais jamais vu autant d'argent de ma vie.

— C'est que vous n'êtes pas un bon agent immobilier, alors…

— Non, mais vous ne comprenez pas, son crocodile n'en finissait plus de dégueuler des biftons sur mon bureau. Il en tombait comme de la neige en hiver, comme de la pluie…

— … en automne ? Vous n'êtes peut-être pas un bon agent immobilier, mais vous êtes un poète…

— Lorsque j'ai vu tous ces billets devant moi, continuai-je en ignorant les piques de ce vieux bougon, je me suis demandé comment ils avaient pu tous entrer dans un sac à dos aussi petit. C'est peut-être stupide, mais c'est le premier truc qui m'est venu à l'esprit. On aurait dit un sac magique, vous savez, comme dans les contes pour enfants. Comme dans *Mary Poppins*. Ou un épisode de la Bible. La multiplication des billets…

— Tout ça ne me dit pas ce que vous avez fait.

— Je ne sais pas pourquoi, j'ai eu peur qu'on nous voie. On ne faisait rien de mal, mais tout cet argent étalé, là, devant nous, c'était indécent. Si quelqu'un était entré à ce moment-là dans l'agence, il aurait sûrement pensé que je me livrais à un drôle de trafic avec ce petit garçon. Alors je suis allé fermer la porte à clé et je me suis dépêché de remettre tout l'argent dans le sac du môme. Comme je m'y attendais, les billets n'entraient pas tous. Le crocodile était plein à ras bord et il en restait la moitié sur mon bureau.

— Vous n'avez pas cherché à savoir d'où il sortait tout ce fric ? lança mon coiffeur, maintenant concentré à me désépaissir les pattes tout en tirant la langue.

— J'étais hypnotisé par tout cet argent. J'ai compté, comme ça, vite fait, pour avoir une idée. Il y en avait pour plus de deux millions d'euros. C'est là que je lui ai demandé ce qu'il faisait avec autant d'argent sur lui, et surtout, d'où il le tenait. J'étais paniqué. J'avais peur que la police frappe à ma porte. C'était peu probable mais peut-être que ce gamin venait de braquer une banque. Qui sait ? Les jeunes sont si précoces, de nos jours… Bref, il m'a regardé avec ses grands yeux marron et m'a dit : « Je suis Léo, Léo Martin. » Puis il a attendu que ses paroles fassent son petit effet sur moi. Étais-je censé le connaître ? Je l'ai observé plus attentivement. Ces yeux, ce nez. Et puis, le nom. Martin. Un nom ressurgi du passé. Corinne Martin. Une fille avec qui j'étais sorti, il y a une… dizaine d'années.

— Oh, mon Dieu ! s'exclama le coiffeur en portant une main à sa bouche, manquant de peu de s'éborgner avec les ciseaux.

— Oui, c'est exactement ce que je me suis dit. Oh, mon Dieu. Ce gamin avait exactement le même nez et les mêmes yeux que moi…

*

* *

— Bon, OK, récapitulons. Un gamin entre dans votre agence et demande à acheter un appartement de cent cinquante mètres carrés.

— Minimum.

— Il déballe sur votre bureau un sac à dos avec plus de deux millions d'euros en billets. Et il y a de fortes chances pour qu'il soit votre fils.

— Fils non reconnu.

— Oui, votre fils. Et alors, qu'est-ce que vous faites ?

— Ce que je fais ? Rien. Je ne dis rien. Je ne fais rien. Comme un idiot.

— Ça fait beaucoup de choses d'un coup, je comprends. C'est la mère qui vous l'avait envoyé ?

— J'y ai pensé sur le moment, mais ce n'était pas ça. Car ses mots suivants furent : « Ma mère n'est pas au courant que je suis là. »

— Tant mieux.

— Il a continué. « Elle m'a beaucoup parlé de vous. Bref, cet appartement, c'est pour elle. Bientôt, c'est la fête des Mères, et je voulais le lui offrir. C'est une surprise. » Je lui ai redemandé d'où il sortait tout cet argent. Il m'a répondu qu'il l'avait gagné au Loto. Il avait joué un billet et avait gagné. Comme il faut être majeur pour retirer l'argent, il avait envoyé le premier adulte qu'il avait croisé dans la rue en lui promettant dix mille euros de la somme gagnée. La Française des Jeux vous offre la possibilité de choisir entre cash et virement bancaire. L'homme a suivi les instructions de l'enfant. Le tour était joué.

— Je comprends mieux maintenant.

— « Mais ce n'est pas tout, m'a dit Léo. Avec l'appartement, j'aimerais aussi offrir un mari à maman, et m'offrir un papa en même temps. Ce serait un beau cadeau. »

— Je vois, le chantage émotionnel. Il est sacrément débrouillard, ce gamin, il n'aura jamais de problèmes dans la vie.

— Je ne peux pas lui en vouloir. J'étais comme lui à son âge. Je me suis mis devant l'ordinateur et j'ai commencé à chercher des appartements. Pour le reste, on verrait après.

*
* *

— Dans ma base de données, j'ai trouvé un bien immobilier qui faisait l'affaire. Dans le Marais. Cent quatre-vingts mètres carrés. Type loft. Lumière naturelle, grande baie vitrée. Dernier étage. Je lui ai montré des photos, ça lui a tout de suite plu. Je pensais qu'un enfant serait plus difficile à contenter. « Je peux visiter ? m'a-t-il demandé. – OK. » Nous nous y sommes rendus sur mon scooter. Cela m'a fait tout bizarre, d'avoir ce gosse derrière moi, ses petits bras enlacés autour de ma taille. Mon fils de dix ans dont j'ignorais encore l'existence dix minutes auparavant. Un sentiment étrange. Je ne vous cacherai pas que j'ai aimé. Nous sommes arrivés à l'adresse, nous sommes montés au dernier étage et je lui ai fait visiter l'appartement comme à n'importe quel autre client. Il s'est tout de suite projeté dans sa future chambre. « Bon, il faudra refaire quelques peintures, poncer le parquet, j'achète ! » J'étais perplexe. Comprenez, je ne savais même pas si c'était légal, de vendre un appartement à un gamin de dix ans. Ça ne m'était jamais arrivé. Il faudrait remplir des papiers, aller chez le notaire, tout ça. Mais il a été plus rapide que moi. « Ce serait mieux que vous l'achetiez à votre nom. Vous êtes un adulte, il n'y aura pas de problèmes. » Tout cela devenait de la science-fiction. J'étais complètement perdu. J'avais l'impression d'être dans un foutu rêve. Cependant, j'ai accepté. Il m'a demandé s'il pouvait me tutoyer étant donné que j'étais son père. Et là aussi, j'ai accepté. Machinalement. J'étais bien trop troublé pour penser à qui que ce soit. Au point où on en était… « Ça te plaît ? m'a demandé Léo. – Quoi donc ? – Eh bien, l'appartement. C'est toi qui achètes, faut que ça te plaise. – Oh, oui, bien sûr, que ça me plaît, mais… je ne sais pas… tout est si soudain. – Soudain ? Ça fait dix ans que j'y pense, papa. Dix ans que je réfléchis à la manière de t'aborder. Dix ans que je passe devant cette agence immobilière sans oser entrer. Dix ans que je me demande si tu ne me rejetteras pas une deuxième fois, si tu serais un bon père… Dix ans. »

— C'est vrai que, vu comme ça, il a pas tort, le môme.

— On s'est assis à la table de la cuisine. « Tu ne sais même pas si j'ai quelqu'un. Si je suis marié. Si j'ai des enfants. – Tu n'as personne. Je t'ai suivi quelques soirs. Personne ne t'attend chez toi. Tu passes tout ton temps à l'agence pour ne pas être trop longtemps le soir venu dans une maison vide. » Je suis resté sous le choc. Il avait vraiment tout prévu. Il m'avait espionné. Il avait planifié tout ça. Il avait réponse à tout.

— Dix ans à prévoir. Il a eu le temps…

— « Tu ne sais même pas si j'ai aimé ta maman, lui ai-je dit. – Si vous m'avez eu, moi, c'est que vous vous êtes aimés. – Tu sais, les choses ne sont pas si simples. Quelquefois, on a des enfants sans les vouloir. – C'est ce qui est arrivé ? – Je n'ai jamais su que j'avais un fils, Léo. J'aurais été heureux de l'apprendre mais, quand ta mère t'a eu, je ne le savais pas. Alors, il est un peu difficile de dire que je t'ai voulu. » Il a souri. Il a compris. Il était très mature, pour son âge. Puis il a regardé autour de lui. Il avait l'air heureux d'être assis avec son père à la table de la cuisine, comme si cet appartement avait déjà été à nous, qu'on avait été un matin comme les autres, moi lisant le journal, lui buvant son chocolat chaud, une vie de rêve. Une vie de famille. Corinne quelque part en train de se préparer pour aller travailler, se mettant du Rimmel sur les yeux, perchée sur la pointe des pieds devant le miroir de la salle de bains, un crayon dans une main, tirant sur sa paupière de l'autre. Une famille exemplaire. Heureuse. J'ai eu cette vision, moi aussi, pendant quelques secondes. Et j'ai été heureux, je dois bien l'avouer. Mais les choses ne se sont pas du tout passées comme je l'espérais.

*
* *

— Si elle vous plaisait tant, Corinne, pourquoi vous vous êtes séparés ? Enfin, je m'immisce peut-être dans votre vie privée, là…

— Non, ne vous inquiétez pas. Alors voilà, j'étais fou amoureux de Corinne. On s'était rencontrés un 14 juillet, sous les feux d'artifice. Sa meilleure copine lui avait posé un lapin à cause d'un mec, du coup, elle s'était retrouvée toute seule. Moi, j'étais seul aussi. Je l'ai invitée à boire un verre et puis tout a commencé. Une histoire d'amour incroyable. Une véritable passion. Comme celles qui nous animent quand on est ado. Elle était toujours fourrée chez moi. On allait au resto, au ciné, on faisait l'amour toute la journée. Des fois, on ne sortait pas du lit du week-end. Un truc d'ados, je vous dis. Si vous saviez comme je l'ai aimée. Et puis un beau matin… Corinne est partie. Comme ça, du jour au lendemain. Je ne l'ai plus revue. Le vide total dans ma vie. Le vide sidéral. Un trou noir. Des nausées à n'en plus finir. Une envie de me flinguer. C'est là que je me suis rendu compte que je ne connaissais rien d'elle. Ni sa famille ni ses amis. Nous nous étions toujours retrouvés seuls. Chez moi. Je ne savais même pas où elle habitait. Je l'ai cherchée pendant des semaines dans les bars, les restos où on avait l'habitude d'aller. Puis j'ai dû me résoudre à l'oublier.

— Vous croyez qu'elle vous a quitté parce qu'elle était tombée enceinte ?

— Ça n'a aucun sens. J'aurais été le plus heureux des pères. Non, je ne comprends pas. Nous en avions d'ailleurs parlé. Mais chaque fois, elle devenait triste à l'évocation d'un enfant. À l'évocation d'un futur entre nous, aussi. Comme si elle ne voulait que profiter de l'instant. Comme si elle n'avait jamais envisagé l'avenir. Je me suis dit qu'elle s'était bien amusée avec moi et qu'elle était partie refaire sa vie avec quelqu'un d'autre, ou butiner de fleur en fleur. Peut-être que Corinne ne voulait pas se compromettre avec un homme. Voilà pourquoi notre histoire était vouée à l'échec. Pourquoi elle ne s'était pas engagée. Et elle avait disparu.

— Et voilà qu'elle ressurgit du passé dix ans après. Avec votre fils.

— Oui. Il y a de quoi rester perplexe, vous ne croyez pas ? Le fait est que j'ai accepté de lui donner une deuxième chance. Pour notre enfant, surtout. Et en souvenir de notre merveilleuse histoire d'amour. Je voulais qu'elle me donne une explication aussi. Alors j'ai demandé à Léo si je pouvais rencontrer sa mère. Il a accepté tout de suite. Ma proposition l'a rendu fou de joie. Puis son sourire a disparu. « Oui, mais alors, ce ne sera plus une surprise, si elle te voit. Je voulais lui faire la surprise de l'appartement pour la fête des Mères et que tu sois dedans. »

— Ah ah, j'adore l'idée !

— J'ai encore dit oui. J'ai acheté l'appartement à mon nom, on a fait tous les papiers, tout était en règle, et on a attendu patiemment le jour de la fête des Mères. Donc nous voilà le dimanche, j'achète un bouquet de fleurs, je vais à l'appart, je fais une jolie décoration et j'attends assis sur le divan dans le salon. Une heure plus tard, j'entends la clé qui tourne dans la serrure puis des voix dans le couloir. C'est Léo qui souhaite une bonne fête des Mères. J'entends Corinne qui lui répond qu'il est fou, qui lui demande comment il a acheté un appartement à lui tout seul. Léo lui dit que ce n'est pas la seule surprise. Qu'il y en a une autre, beaucoup plus grande, dans le salon. Je commence à devenir très nerveux. Je ne tiens plus en place. J'entends le cliquetis des chaussures à talons sur le parquet qui viennent vers moi. Je souffle. J'expire. Je ferme les yeux. Et quand je les ouvre…

— Oui ?

— Vous n'allez pas me croire…

— Quoi ?

— Eh bien…

— Parlez !

— Je m'attendais à ce que Corinne ait changé en dix ans. Mais… pas autant.

*
* *

— Les femmes vieillissent mal, asséna le coiffeur en écrasant une noix de gel dans la paume de sa main avant de l'appliquer sur mes cheveux.

— Non, vous ne comprenez pas. En me voyant dans le salon, la femme a crié. Elle a eu peur. Elle s'est demandé ce que faisait ce mec sur le divan de son salon.

— Elle ne vous a pas reconnu ?

— Moi non plus. Pour la simple et bonne raison que…

— Ce n'était pas Corinne ? supposa le coiffeur, les deux mains en suspension au-dessus de ma tête.

— Non, ce n'était pas Corinne.

— Qu'est-ce que vous me racontez ?

— Il ne s'agissait pas de ma Corinne Martin, mais de Delphine Martin, une Martin comme une autre. C'est le nom de famille le plus commun en France.

— Vous êtes en train de me dire que ce Léo n'était pas votre enfant ?

— Non.

— Incroyable !

— C'était le fils de cette Delphine Martin, que je n'avais jamais vue avant ce dimanche-là. On s'est assis tous les trois et on a essayé de démêler cette situation rocambolesque.

— On croirait un vaudeville.

— Pire que ça. Delphine m'a tout expliqué. Léo avait toujours été très curieux de savoir qui était son père. Chaque fois qu'elle parlait avec un homme, Léo s'empressait ensuite de lui demander s'il s'agissait de son père. Dès qu'ils croisaient un homme dans la rue, rebelote. Delphine a voulu se débarrasser de cette question une bonne fois pour toutes et, en passant devant l'agence immobilière, un beau matin, elle a lancé : « C'est lui, ton père ! » en me signalant du doigt à travers la vitrine. Elle pensait que l'histoire s'arrêterait là. Et c'est ce qui est arrivé. Du jour au lendemain, Léo l'a laissée tranquille. Elle était à mille lieues d'imaginer que Léo franchirait le seuil de l'agence pour faire ma connaissance et m'acheter un appartement.

— Quelle histoire ! Et vous en avez fait quoi, justement, de l'appartement ?

— Vous allez rire. On vit dedans.

— Qui ça ?

— Eh bien, Delphine, Léo et moi. Après notre rencontre, on est sortis ensemble, Delphine et moi. Le choc passé, on a commencé à rigoler de tout ça. Et puis, les choses faisant leur chemin, on s'est mis en couple. On avait déjà l'appart, le gosse… Ce n'est pas trop compliqué d'imaginer que Léo est mon fils, je vous l'ai dit, il a mes yeux et mon nez.

— Il vous en faut pas beaucoup.

— Quelque temps après, j'ai fait des recherches sur Corinne Martin, mon premier amour. J'ai appris qu'elle était décédée neuf ans plus tôt. Elle avait une maladie incurable. J'ai compris que sa fuite et son manque de projection dans le futur venaient de là. Elle savait qu'elle ne pourrait jamais avoir d'enfants avec moi, du moins, qu'elle ne le verrait jamais grandir, et qu'elle devrait me perdre aussi. Elle a préféré partir tant qu'il en était encore temps…

— C'est bien triste.

— Oui. Maintenant, il me reste Delphine et Léo et je veux en profiter au maximum.

— Léo continue de jouer au Loto en cachette ?

— Ah, je ne vous ai pas dit. L'argent ne venait pas du Loto. Il en a hérité. Sachant qu'elle allait mourir, Corinne a retiré tout l'argent de son compte en banque, deux millions d'euros, et les a mis dans un sac en forme de crocodile qu'elle avait étant enfant. N'ayant pas de famille, elle l'a légué, par notaire interposé, au premier jeune Martin qu'elle a trouvé. C'est tombé sur Léo. Une sacrée coïncidence, vous ne trouvez pas ?

— Ce n'en est peut-être pas une… Donc, en un sens, votre Corinne est toujours là.

— Oui, elle vit à travers cet appartement. C'est grâce à elle que nous habitons dedans. Je ne pense pas qu'elle ait imaginé un jour que je finirais avec une autre Martin.

— Ne la sous-estimez pas, dit le coiffeur en hochant la tête. Peut-être qu'elle vous a quitté pour que vous ne souffriez pas et qu'elle a ensuite planifié votre bonheur pour les années à venir. Tout faisait partie d'un plan minutieusement ourdi. Corinne lègue l'argent à un enfant sans père, dont la mère fait croire que c'est vous. Cela ne peut pas être une coïncidence. Votre Corinne continue de tirer les ficelles de votre vie depuis l'au-delà…

— Je ne crois pas trop en ces choses-là, mais qui sait ?

— Oui, qui sait ? répéta le coiffeur, avec un grand sourire et un air rêveur sur le visage.

Tatiana DE ROSNAY

Aranéide

Franco-anglaise, Tatiana de Rosnay est une romancière à succès mondialement connue pour, entre autres, son ouvrage *Elle s'appelait Sarah*, best-seller international vendu à plus de 11 millions d'exemplaires et adapté au cinéma. Ses thèmes de prédilection sont les secrets de famille et la mémoire des murs. Traduite dans une quarantaine de pays, son dernier roman, *Nous irons mieux demain*, a paru en septembre 2022 aux Éditions Robert Laffont.

Été 2023

Personne ne voulait y croire. Pourtant, c'était vrai, tout était vrai. Dans les couloirs, les gens chuchotaient derrière leurs mains ; les courriels et les SMS valsaient, et sur les réseaux sociaux, le buzz commençait, tout doucement, lentement, sûrement, prenait de l'ampleur au fur et à mesure que les détails affluaient : des détails épouvantables, abominables. Des poissonnières ! Des harpies ! C'était insensé, hallucinant, complément dingue. Y avait-il une vidéo ? Car on voulait des preuves, tout de même, on avait du mal à avaler une chose pareille. Mais comment inventer un tel pugilat, allons ? Tout était vrai ! Tout ! Des chiennes. Des bêtes. Des furies. Les témoins s'en souviendraient leur vie entière, oh, ça oui. Impossible d'effacer ces images, cette violence. Et les mots ! Les insultes ! Inoubliables, aussi. Combien de temps cela avait-il duré ? Difficile à dire. Pour certains, une poignée de secondes ; pour d'autres, une éternité. Les séparer ? Personne n'y avait pensé ? Mais c'était impossible, voyons.

Elles étaient comme deux judokas déchaînées qui éructaient, la bave aux lèvres, toutes griffes dehors, pendues à leurs vêtements, accrochées à leurs tignasses : deux folles, deux hystériques, véritablement, collées l'une à l'autre comme des siamoises diaboliques, unies dans une lutte d'une âpreté inouïe.

Mais qui avait commencé ?

Qui ?

Oui, qui ?

1981

J'aime pas cette fille. La nouvelle. La blondasse minus. J'aime pas sa tête. J'aime rien, chez elle. Elle m'énerve. Elle minaude. Elle veut que tous les garçons la regardent. En plus, elle a toujours des fringues d'enfer. Et moi je dois porter les vieux trucs de ma sœur. L'horreur.

Ma seule consolation, c'est qu'elle a rarement la moyenne. Je reste la première de la classe. Bien fait. Elle est archi-nulle en maths, d'ailleurs. Je l'écrase. C'est trop bien. Je vois bien comment elle me regarde, avec son sourire mielleux et ses dents en avant. Elle me déteste autant que je la déteste. Elle est maigre, elle, et ça me tue. Maigre comme j'aimerais l'être. Comme je rêverais de l'être. Elle est invitée partout, en plus. Moi, j'ai pas le droit d'aller à ces fêtes. Mes parents me forcent à bosser. Ils disent que je suis trop jeune. Que j'aurai tout le temps de sortir plus tard. Ils me parlent de la sixième l'année prochaine, de l'entrée au collège, gna gna gna. J'en peux plus.

2023

Dans la grande salle octogonale du septième étage de l'Immeuble Blanc, dénommée « Lilas » à cause de ses murs mauve pastel, tout avait été nettoyé et rangé. Il ne subsistait aucune trace de l'horrible combat. Le pot de fleurs cassé avait été remplacé ; les tasses de café renversées avaient été lavées et rangées. La moquette beige, shampouinée et aspirée, semblait neuve ; les meubles, remis en place, les murs, lessivés. Et pourtant. Ceux qui s'y trouvaient l'avouent, sidérés : c'était une scène de carnage. Une scène de guerre. Dans leur duel, elles avaient tout cassé, tout pété, tout envoyé valdinguer. Un miracle que personne n'ait été blessé. À part elles, bien entendu. Il y a quand même eu un nez fracturé d'un côté, et un œil au beurre noir de l'autre, sans oublier les bridges qui ont sauté.

Personne n'est d'accord sur le début des hostilités. Il faut imaginer, au préalable, la réunion dans la salle Lilas, prévue de longue date. Combien étaient-ils ? Une dizaine, d'après les informations qui circulaient. L'équipe « A » et l'équipe « B » et chacun de leurs avocats, financiers, têtes pensantes, *community managers*, commerciaux, et assistants. Et puis, bien sûr, elles. Elles deux. Les deux patronnes. Beaucoup de choses ont été dites sur leur physique. Leur âge. C'est ignoble, tout de même. N'allons pas là. N'abordons pas ce sujet. Mais il faut avouer que cette histoire de physique a son importance. Elles se sont retrouvées à moitié nues, quand même. Oui, nues ! Vêtements arrachés, déchirés, certainement des affaires de marque (surtout pour EV, une gravure de mode, tirant un peu sur le vulgaire, cela dit). Tout a fini en lambeaux. De la robe très classe portée par NdS il ne reste que des confettis.

1981

Tu vois la première de la classe, là ? La grosse tour, la frimeuse avec ses lunettes qui se la pète avec son 18 de moyenne ? Ouais, celle-là. J'en peux plus.

Je la conchie. Tu ne sais pas ce que ça veut dire ? Non ? J'ai piqué ça à ma grand-mère haha ! À ton avis ? C'est dans cet ordre-là. Dès que j'ai vu sa tête, j'ai compris. En plus, tu as vu comment elle s'habille ? C'est affreux. Des vieux machins rapiécés. Et tu as vu le truc horrible autour de son cou ? Un collier avec une araignée ! Complètement tarée la fille. N'importe quoi. Elle s'est mis les profs dans la poche en plus. Elle est maligne, tu sais. Faut se méfier d'elle. Je t'interdis de lui parler.

2023

Salle Lilas, donc. Jeudi après-midi, 15 heures. Avaient-elles bu ? C'est possible mais pas dans les habitudes ni de l'une ni de l'autre. NdS avait déjeuné au Consulat avec un politique. EV avait, paraît-il, un repas privé au premier étage du Pink Garden. On ne sait pas avec qui. Étaient-elles ivres au moment des faits ? Selon le staff de l'Immeuble Blanc, pas du tout. Et pendant la réunion, elles n'ont bu que du café et de l'eau. Pétillante pour EV, plate pour NdS. Quelqu'un a dit que c'était la première fois qu'elles se voyaient *in real life*. Dans la vraie vie. Le rapprochement des deux groupes faisait les gros titres. La start-up GoNow de NdS, très bien cotée en Bourse, allait fusionner avec Black Radar Galaxy, le groupe presse et médias d'EV. Cela faisait presque trois ans que l'équipe A et l'équipe B se rencontraient, en présentiel et à distance, échangeaient des courriels, se prêtaient au jeu des Zoom, Teams et WhatsApp.

Mais elles, les deux patronnes, à part avoir pris connaissance des échanges, validé les décisions, elles ne s'étaient jamais vues ni parlé.

La réunion avait commencé tout à fait normalement, d'après les informations obtenues. Aucune prise de bec ni accrochage. EV et NdS se faisaient face, cordialement, dans une certaine sérénité. Au début, ni l'une ni l'autre ne prenaient la parole, préférant laisser leurs lieutenants et associés s'exprimer.

C'est vers la fin, paraît-il, que ça s'est gâté.

Personne ne sait pourquoi.

1982

Il va falloir dire à votre fille de se tenir.

C'est pas parce que c'est l'élève la plus populaire de la classe avec le plus de copines qu'elle peut se permettre des trucs pareils. Oui, c'est une lettre anonyme mais parfois c'est plus simple de vider son sac comme ça. Pour qui elle se prend hein. Qui sème le vent récolte la tempête. Juste pour vous prévenir, quoi. Venez pas pleurer sur nos épaules.

2023

On sait que NdS n'aime pas parler d'elle. Elle vient d'un milieu modeste, d'une petite ville de province rabougrie, mal desservie par le TGV. On murmure qu'elle a toujours nourri un complexe d'infériorité qui la ronge encore. Elle a pris sa revanche grâce à des études brillantes (Sciences Po, ENA) et lorsqu'elle s'est mariée, jeune, vers vingt-trois ans, elle n'a plus porté son nom de jeune fille. Comme si elle avait honte de ce nom. Très vite, ce patronyme a disparu de tout ce qui concerne NdS : il a été nettoyé, effacé. Il n'apparaît nulle part. Elle a changé son prénom, à ce qu'on raconte : mais impossible de savoir comment elle se prénommait avant. On ne trouve pas non plus de photos d'elle jeune en ligne. Là aussi, gros nettoyage. NdS a visiblement le bras long. Longtemps, elle a vécu à Londres avec son mari, avant de revenir à Paris. Puis elle a monté GoNow, avec le succès qu'on connaît.

Les caméras de l'Immeuble Blanc la montrent dans l'ascenseur avec son staff juste avant la réunion. Toujours tirée à quatre épingles, élégante, voire distinguée. Ses épais cheveux au carré avec frange sont d'un beau brun mordoré. (Son célèbre coiffeur ne prend que des people ou des gens qui, comme elle, ont brillamment réussi.) Elle porte une robe gris perle en satin de soie qui épouse à la perfection sa silhouette. NdS est grande, élancée, musclée. Elle fait du sport à outrance : du tennis, de la natation, dans les meilleurs clubs de la capitale, les plus chic, et elle a même un coach personnel.

Assez myope, elle ne porte pas de lunettes mais des lentilles de contact. D'ailleurs, pendant la lutte sans merci, elle en a perdu une. On ne l'a évidemment jamais retrouvée.

1982

Comme c'est bon de l'écraser. La naine a beau essayer, elle n'y arrivera jamais. C'est moi qui rafle les prix d'excellence. Le tableau d'honneur, il est pour moi, à chaque trimestre, et elle enrage. Les félicitations du principal, pour moi aussi. Que peut-elle y faire ? Rien. 19,5 de moyenne, c'est impossible à battre.

Tu peux aller te rhabiller, espèce de minus.

2023

EV est haute comme trois pommes et entièrement refaite. Rien n'est naturel, chez elle. Tous les six mois, elle se rend chez son chirurgien esthétique et se fait rectifier la bouche, le nez, le volume de son visage, subit des injections. On a du mal à imaginer à quoi elle devait ressembler, avant. Ses cheveux, d'un roux flamboyant, pendent jusqu'à sa taille. Quel âge a-t-elle ? Impossible à dire. Elle a moins de rides qu'un bébé. À l'instar de sa rivale, EV a aussi savamment bâti sa légende. Elle parle souvent de sa naissance à Casablanca, mais on ne trouve pas trace d'une venue au monde dans ces contrées. Sur Instagram, elle s'affiche avec des rappeurs, des acteurs, des footballeurs. Et sa fille qui lui ressemble comme deux gouttes d'eau.

Melissa adore sa maman. Les hashtags ne trompent pas : #bestmumever #loveyoutothemoonandback #Mamapower #soproud #mamanjetaime. Melissa, devenue influenceuse célèbre, poste trois photos par jour, et EV y figure souvent. Ensemble, elles se rendent à des soirées, des événements, des défilés où mère et fille s'affichent dans des tenues coordonnées qui ravissent leurs followers sur TikTok et Instagram.

Les enfants de NdS ? C'est une autre affaire. Ici, la discrétion et le sérieux priment. Aliénor vit à Manhattan, travaille dans une grosse banque, rayon « *mergers and acquisitions* ». Elle gagne déjà un salaire conséquent et bosse dix heures par jour. Tout comme son petit frère, Victor, qui dirige une start-up florissante, axée sur le *co-living*. Il vit entre Londres et Paris.

Et les époux, dans tout ça ? Celui de NdS se prénomme Gilles, un polytechnicien brillant, avec ses entrées au gouvernement. Il possède un carnet d'adresses influent. C'est un homme distingué, glabre, sobrement vêtu, aux petites lunettes d'intellectuel. Il est respecté, mais redouté.

Quant à EV, son statut marital n'est pas clair. On ignore qui est le père de sa fille. Elle s'affiche parfois au bras d'un riche Monégasque, aussi refait qu'elle, qui l'emmène en vacances sur un yacht à Capri, ou en villégiature à Dubaï, dans une tour luxueuse qui domine la métropole.

1982

Tu sais quoi ? La grosse ne sera pas invitée à ma méga-fête d'anniversaire pour mes onze ans. Je vais inviter tout le monde, j'ai bien dit TOUT LE MONDE *sauf elle.*

Et je vais distribuer mes invitations devant elle. Ça va être horrible. Elle va chialer toutes les larmes de son corps.

Elle va comprendre qu'elle n'aura jamais sa place.

Elle n'aura jamais d'amis, elle se sera jamais invitée à aucune fête et tout le monde se moquera d'elle.

Bien fait.

Elle n'aura que ses bonnes notes et son tableau d'honneur et son atroce araignée autour du cou pour lui remonter le moral.

2023

Alors, *qui* a commencé ?

Les images de télésurveillance de la salle Lilas ont pu être examinées à la loupe. La réunion tirait sur sa fin. Le chauffeur de EV patientait déjà en bas dans une limousine. NdS était venue avec son vélo électrique, accompagnée de son adjointe, également cycliste. La perspective de la fusion s'annonçait de façon sereine. Les avocats se disaient, satisfaits, que tout cela avait été rondement mené. Les zones d'ombre avaient été éclaircies ; les quelques obstacles aplanis. On allait signer plus vite que prévu. Ce soir, champagne pour tout le monde.

EV et NdS avaient encore la tête plongée vers leurs tablettes pour étudier les derniers détails.

C'est au moment où le nouveau logo a été dévoilé sur les tablettes et sur les écrans par les équipes de NdS qu'il y a eu un trouble.

Le logo est un arachnide noir sur fond bleu. C'est assez surprenant, mais efficace. Une étrange beauté se dégage de cette araignée tout en finesse mais impressionnante.

D'après la vidéo, au moment où le logo est apparu, un mot fut murmuré par une voix féminine : deux syllabes, peut-être, mais il était impossible de déterminer qui les avait prononcés. Ni de comprendre ce mot.

C'est à ce moment précis que tout est parti en vrille.

Elles se sont levées en même temps comme pour un ballet parfaitement synchronisé, presque au ralenti, et leurs gestes au début paraissaient si gracieux que personne n'avait eu peur sur le moment.

Un cri de rage s'était ensuite fait entendre : elles avaient à cet instant la bouche grande ouverte toutes les deux, en une horrible grimace qui déformait leurs visages, et on ignore qui avait poussé ce premier hurlement terrible et glaçant.

On connaît la suite. Les équipes atterrées, médusées. Le choc. La confusion. La stupéfaction.

L'un des collègues s'était tout de même levé pour tenter de les séparer. Il n'a pas pu. « Elles vont se tuer ! » hurla une collaboratrice tétanisée. « Arrêtez-les ! Arrêtez-les ! » Trois personnes avaient dû intervenir, puis quatre, cinq.

Ce fut une lutte de tous les efforts pour les tenir à distance l'une de l'autre.

Elles étaient méconnaissables.

Hors d'elles.
Déformées par la haine.

1983

Madame, Monsieur,

Pendant un certain temps, nous avons décidé de régler nous-mêmes la situation entre vos filles respectives. Mais cette situation perdure depuis le CM2, et maintenant qu'elles sont au collège, en sixième, cela devient impossible à gérer.

Nous avons assisté, horrifiés, à une bagarre de plus, en pleine cour de récréation. Vos filles se battent comme des brutes, se laissent aller à un langage de charretier, et troublent l'ambiance des classes.

Nous avons tout fait. Nous les avons séparées, avons prévenu les professeurs, mis en garde les surveillants : rien n'y fait. Pour des raisons que nous ignorons, elles se sont déclaré la guerre. Elles n'ont même pas douze ans, nous nous permettons de vous le rappeler. Ce sont des enfants ! Vos enfants !

Que faire ? Vous le savez, nous avons tout essayé. Les prendre toutes les deux pour les écouter. Les prendre à part pour les écouter. Le psy. L'infirmière. Le directeur. Moi-même, la conseillère d'éducation.

Nous ne savons plus quoi faire. Nous jetons l'éponge. La seule solution, c'est que l'une d'entre elles quitte l'établissement.

Nous pouvons vous aider à le faire.

Réfléchissez-y, je vous en prie.

Votre bien dévouée,

SD.

1995

Chère toi,

Je suis assez machiavélique, comme fille. J'ai des idées carrément tordues. Je pense que je ferai une excellente romancière ou scénariste, honnêtement.

Elle ne sait pas que je sais où elle habite à présent. Que je n'ai rien oublié du collège. Que je n'oublierai jamais de ne pas avoir été invitée à sa fête de merde. La seule de la classe qui n'avait pas reçu de carton. La seule ! Et j'en ai soupé, après. Tout le monde parlait de cette fête, je voyais passer des photos… J'étais exclue. Celle à qui on n'adressait pas la parole à part pour lui balancer sans cesse qu'elle était moche, grosse, laide, et que ça ne servait à rien d'être la première de la classe car tout le monde la détestait.

Cette humiliation, je l'ai portée longtemps. Trop longtemps.

Une spirale infernale. La liste de mes crimes ? Elle est longue. Divin, de faire des folies avec son numéro de téléphone. Ah, mais oui, on peut faire une foule de choses, avec un banal numéro ! Il y a les classiques que tout le monde connaît, bien sûr. Faire livrer des pizzas à des heures indues, publier une petite annonce pour du repassage à un prix défiant toute concurrence et préciser qu'on doit être jointe dès 6 heures du matin, donner ce numéro sur des forums de rencontres en tout genre, « animaux de compagnie », recherche de jeunes filles au pair, de discussions « recettes de cuisine » pour mamies bavardes, de revendeurs automobile infatigables, j'en passe et des meilleures. Le tout est de faire très gaffe à comment on donne ces infos pour ne pas se faire pincer par un numéro quel qu'il soit. Il suffit d'y penser.

Oui, d'accord, je le vois à ta tête. Comportement totalement ridicule, enfantin, débile. Oui, tu as raison. Mais moi ça m'a aidée. À digérer, petit à petit, et à avancer. Et ensuite, à l'oublier. Elle.

Mais je te dois le coup de grâce, la dernière chose que j'ai pu faire. Je savais qu'elle les détestait. Qu'elle en avait peur. Même en photo, elle ne supporte pas les araignées. Une trouille bleue. Moi, comme tu sais, je les adore. Je les trouve belles. Elles m'ont toujours fascinée.

En plus, ça ne coûte pas bien cher, ces bestioles, j'étais étonnée, à peine cent francs pour une *Acanthoscurria geniculata*. J'en ai acheté deux directement chez un ami, un éleveur spécialisé, des bébés, mais déjà grosses et poilues. Magnifiques ! Le plus dur, ça a été de les glisser sous la porte de cette garce. Mais j'y suis parvenue, munie de gants en plastique.

Je n'ai jamais su combien de temps elle a mis pour les découvrir, ni ce qui s'est passé exactement. J'en ris encore… Je pleure de rire.

Je suis partie en vacances avec Gilles, un jeune homme charmant et brillant que je viens de rencontrer.

Loin.

Repos mérité après mes études si prenantes. Tu t'en doutes.

Je te raconterai.

Oui, je sais. Ça ne sera jamais fini, avec elle. Depuis le collège.

Avec elle, j'aurai toujours dix ans.

La reverrai-je un jour ?

Qui sait ?

Leïla SLIMANI

Le Portail

Leïla Slimani est une romancière remarquée dès son premier roman, *Dans le jardin de l'ogre*, publié aux Éditions Gallimard, sélectionné pour le Prix de Flore. Son deuxième roman, *Chanson douce*, paru chez le même éditeur, a été récompensé par le Prix Goncourt. Engagée sur la scène politique et très active pour défendre la francophonie, elle a aussi été présidente du Prix du Livre Inter. Son dernier roman, *Regardez-nous danser*, a paru en mai 2023 aux Éditions Gallimard.

Je déteste l'école. Maman n'aime pas que je dise ça, mais c'est la vérité. De toute façon, elle ne peut pas comprendre. Les adultes sont comme ça. Ils sont comme ces gens qui marchent sous une tempête de neige et qui, en se retournant, ne voient plus la trace de leurs pas sur le sol. Les adultes ont oublié ce que c'est que d'être un enfant. Un jour, ma mère m'a juré qu'elle ne se rappelait pas du tout les douleurs de l'accouchement. Que c'était fait exprès parce que, sinon, les femmes ne voudraient plus jamais tomber enceinte. Peut-être que c'est pour ça qu'ils oublient ce que c'est que d'être un enfant : parce que ça fait trop mal.

Détrompez-vous, je ne suis pas un cancre. Si je déteste l'école, cela n'a rien à voir avec les cours de mathématiques, les interminables leçons de grammaire ou la façon un peu ridicule qu'a notre maîtresse de nous enseigner la géographie. Je ne suis pas du genre à m'arracher les cheveux devant une division. Et si je le voulais, je pourrais lever tout le temps le doigt et donner, sans jamais me tromper, la bonne réponse. La vérité, c'est que je suis très intelligent. « Précoce », dit ma mère quand on l'interroge sur moi. Mon père, ça l'énerve et il roule des yeux quand elle prononce ce mot. « Tous les parents pensent que leurs enfants sont précoces », prétend-il. Il n'empêche, ma mère y croit dur comme fer. Et elle dit même que c'est à cause de ça que j'ai des problèmes à l'école. Parce que je suis trop intelligent et que les autres sont jaloux.

Si je déteste l'école, c'est à cause de ma réputation. Quand j'étais plus petit, j'avais tendance à frapper ceux qui m'embêtaient. J'ai donné quelques gifles. J'ai pu, une ou deux fois, asséner des coups de pied ou pousser un camarade dans l'escalier. Mais ce n'était pas vraiment méchant. Je voulais qu'on m'aime, or les enfants ne savent pas aimer. À présent, j'ai dix ans et ces histoires de bagarres, c'est du passé. Sauf que dans la cour de récréation, ils continuent à m'appeler « Georges la brute » et à me dénoncer pour des crimes que je n'ai pas commis. Ils se méfient de moi. Ils m'ostracisent.

Alors vous imaginez ma joie, mon bonheur, mon enthousiasme quand ma mère m'a annoncé, le 12 mars 2020, que je n'avais plus besoin d'aller à l'école. Elle l'a dit avec un air inquiet et, comme je ne suis pas un idiot, j'ai bien compris que ça avait à voir avec ce virus. Mais le virus ne tue pas les enfants. Elle me l'a répété trois fois et je l'ai crue. Je ne mourrai pas et je n'irai pas à l'école. Sauf que maman et papa non plus ne sont pas allés au travail. Papa s'est installé dans la chambre. Les premiers jours, il passait ses journées enfermé devant son ordinateur et il se mettait à hurler dès que j'osais ouvrir la porte pour lui demander quelque chose. « Tu ne vois pas que je travaille ? Fais comme si je n'étais pas là, tu comprends, ça ? » Ma mère, qui tient une boutique de meubles dans le quartier, s'est mise à faire des gâteaux et des plats très compliqués qui avaient un goût infâme. Et puis, elle a voulu ranger l'appartement et elle a vidé tous les placards. Elle répétait : « Ça fait du bien, de jeter. Qu'est-ce qu'on accumule ! »

Au début, maman n'arrêtait pas de dire qu'on avait de la chance. Tous les trois, on vit dans un bel appartement avec une chambre pour chacun, une grande cuisine ouverte et un salon assez grand pour que je joue avec mes voitures télécommandées. Avant, on vivait dans un appartement tout petit et, il y a deux ans, ils se sont mis en tête de trouver « l'appartement de leurs rêves ». À l'époque, je ne comprenais pas grand-chose à leurs discussions mais elles tournaient toutes autour du prix du mètre carré, de la surface habitable, des bonnes écoles à proximité. Et puis un jour, ils sont rentrés à la maison et ils m'ont annoncé qu'ils avaient trouvé. Je me souviens très bien de la première fois qu'on est venus ici. Je n'avais jamais vu un appartement vide et ça m'a fait une drôle d'impression. Mais ce qui m'a plu, c'est surtout la rue dans laquelle se trouvait l'immeuble avec la librairie de bandes dessinées en face. Ils ont poussé la lourde porte cochère et là, je n'en croyais pas mes yeux. Jamais je n'aurais pensé qu'il y avait des immeubles comme ça dans Paris, avec de jolies cours pavées décorées de pots de fleurs. Au fond de la cour, près du local poubelles, j'ai tout de suite remarqué un haut portail en fer. On ne pouvait pas voir à travers et ça m'a intrigué. J'ai demandé à mes parents : « Y a quoi, derrière ? » Mais ils étaient occupés par autre chose et ils ne m'ont pas répondu.

Au début du confinement, mes parents m'ont fichu la paix. Une fois que j'avais terminé ma classe virtuelle, je pouvais faire ce que je voulais. Ils me laissaient regarder des films jusqu'à ce que je m'endorme et, quand j'avais faim, ils me tendaient un paquet de chips et ils m'ordonnaient de le manger dans ma chambre. Je sentais bien qu'ils n'étaient pas dans leur état normal. Ils parlaient beaucoup, de choses très compliquées, et ils passaient encore plus de temps qu'avant sur leur téléphone portable. Ça me rappelait quand on partait en vacances en Grèce ou en Italie et qu'ils étaient toute la journée un peu soûls et, du coup, très conciliants.

La vérité, c'est qu'ils étaient souvent soûls. Enfin, à partir de 18 heures, quand mon père sortait enfin de son bureau et qu'il s'installait avec ma mère à la table de la cuisine. Ils ouvraient une bouteille de vin. Parfois, ils prenaient même l'apéro avec des amis, dont je voyais le visage sur les écrans d'ordinateur et à qui je faisais coucou. Maman buvait aussi avec Adrienne, la voisine du quatrième étage, qui travaille dans la mode et passe d'habitude plusieurs semaines par an en Asie. L'après-midi, elles s'installaient en bas des marches de l'escalier, à un mètre l'une de l'autre, et elles nous surveillaient en fumant des cigarettes et en buvant du rosé. Moi, je jouais avec Louis et Emma, les enfants d'Adrienne, qui sont tous les deux plus jeunes que moi. Habituellement, je ne leur adresse pas la parole et je ne les regarde même pas. Je suis en CM2. Emma est en CE1 et Louis au CP. En gros, on n'a rien à faire ensemble. Sauf que ça faisait trois semaines qu'on était enfermés dans cet immeuble, et les parties de petites voitures et les dessins animés sur Netflix, ça commençait à bien faire. Et ce qu'il y a de bien, avec des petits comme ça, c'est qu'ils font tout ce que vous leur dites. Ils me regardaient comme si j'étais un dieu vivant et ils étaient prêts à tout pour me plaire. Ma mère, je voyais bien qu'elle était inquiète. Elle avait peur que mes mauvaises habitudes me reprennent et que je mette une gifle à la petite Emma ou que je pince Louis.

Chaque jour on essayait de trouver une nouvelle activité. On jouait au football mais Emma pleurnichait parce qu'elle n'aimait pas ça. Pour lui faire plaisir, on a dessiné à la craie une marelle sur le sol et j'ai sauté dix fois de suite, à pieds joints, sous les rires de mes camarades béats d'admiration. Il est arrivé qu'on se batte. Mais je n'avais strictement rien à voir là-dedans. Adrienne a grondé ses enfants. Et puis je l'ai entendue dire à ma mère : « À force d'être enfermés, ils deviennent nerveux. Je ne sais plus quoi faire pour les occuper. C'est un enfer. »

Au bout d'un mois, ma mère et Adrienne ont arrêté de nous surveiller et elles laissaient Louis et Emma se griffer et se tirer les cheveux. Elles buvaient plus qu'avant et elles remontaient souvent dans l'appartement pour chercher une autre bouteille ou un bol de chips. Adrienne avait l'air fatiguée. Elle n'était plus aussi jolie qu'avant, quand je la croisais dans l'ascenseur sur ses hauts talons, sa valise à roulettes derrière elle. Avant le virus, elles n'étaient pas de très grandes copines, mais il faut croire qu'à force de traîner en bas de l'escalier, elles se sont découvert des points communs. Adrienne a dit qu'elle ne dormait plus. Elle avait peur de tomber malade et de perdre son emploi. Je me souviens qu'elle a avoué : « J'étouffe dans mon appartement. » Son mari Bruno, qui est acteur, ne sortait jamais de chez eux et il passait ses journées à somnoler devant la télévision. C'est ce que racontait Louis, en tout cas.

Au bout d'un mois, ma mère aussi s'est mise à aller mal. Elle dormait de plus en plus tard le matin, elle qui se réveille très tôt d'habitude. Elle me caressait les cheveux et elle me parlait de ses insomnies. Et mon père a passé de moins en moins de temps dans son bureau. J'ai l'impression qu'il s'est mis à détester cette pièce et cet ordinateur. Un jour, alors qu'on prenait le petit déjeuner, ils m'ont demandé : « Ça te dirait, de vivre à la campagne ?

— À la campagne ? Mais qu'est-ce qu'on ferait, là-bas ? On serait paysans ? »

Ils se sont mis à rire. J'étais content. J'avais dit ça exprès pour les amuser un peu. Je ne suis pas bête, je sais bien qu'on n'a pas besoin d'être paysan pour vivre à la campagne. Mais je les trouvais tellement tristes que ça me serrait le cœur. Et je me suis dit que c'est à ça aussi que doivent servir les enfants. À faire rire leurs parents.

Cette histoire de campagne, c'est devenu une obsession. « On devrait quitter Paris. À quoi bon vivre ainsi, les uns sur les autres, à courir tout le temps ? » répétait ma mère. Elle occupait ses insomnies à consulter des sites de ventes de maisons en province. Elle s'imaginait produire du miel ou du fromage sur une colline en Normandie.

Une nuit, j'ai été réveillé par des hurlements. Ma chambre donne sur la rue et j'ai entendu, distinctement, ce que criait l'homme qui marchait devant notre immeuble. « Je n'ai rien, rien, et vous dans vos maisons, vous vous en fichez. Salauds de bourgeois ! » Il criait comme s'il allait mourir, comme s'il était en danger, et moi j'ai couru dans la chambre de mes parents. Ils ont ouvert la fenêtre. Les autres voisins aussi étaient penchés à leur balcon. Il y avait Bruno, qui fumait une cigarette et qui regardait le clochard sans rien dire. Et puis Benoît, le voisin du premier, qui a crié : « Ta gueule ! » Maman m'a laissé dormir avec elle. Je me suis lové contre son corps chaud et doux et, tandis que je m'endormais, je l'ai entendue chuchoter à mon père : « L'hiver dernier on a eu les Gilets jaunes. Ils ont cassé deux fois la vitrine de mon magasin. Et puis il y a eu les grèves, et maintenant ce virus. C'est un signe. Je crois qu'il est temps de se tirer d'ici. »

Un après-midi, alors qu'on jouait au foot dans la cour, Adrienne s'est mise en colère. Elle avait l'air excédée par les bruits du ballon qui rebondissait contre le mur de la cour. Elle a tendu le bras vers le portail en fer et elle a dit : « C'est trop bête. Juste derrière, il y a un jardin. Les enfants pourraient courir, et nous, on mangerait dehors, au soleil. » C'est ce jour-là que j'ai entendu, pour la première fois, les rumeurs qui circulaient sur ce qui se trouvait derrière le haut portail. D'après Adrienne, il donnait sur un hôtel particulier appartenant à une actrice célèbre, connue pour son penchant pour l'alcool et les jeunes garçons. Selon Benoît, le voisin du premier, cette maison luxueuse était la propriété d'un étranger, un Arabe riche et cynique, qui achète des immeubles dans Paris comme d'autres achètent une baguette de pain. Avec Louis et Emma, on a imaginé des choses incroyables.

D'un coup, tout le monde s'est mis à être obsédé par le fameux jardin caché derrière le portail. Benoît a incité ma mère à trouver une solution pour y accéder. Il n'en pouvait plus, des cris des enfants qui, l'après-midi, montaient jusqu'à son appartement. « Mon salon donne sur la cour, vous comprenez ? » Mais c'est Adrienne qui était la plus motivée. Un soir, elle a tapé contre la vitre de la loge de la concierge, qui s'appelle Marisa et qui est très gentille. Je l'ai toujours bien aimée, parce qu'elle nous offre des bonbons et des gâteaux aux œufs brûlés sur le dessus. Donc Adrienne a tapé à la porte. Ma mère était derrière, son masque sur le nez, et Marisa leur a ouvert. Adrienne a commencé par parler du beau temps, qui donnait une petite occasion de se réjouir, dans ces temps difficiles. Et puis, d'un coup, elle a demandé la clé du portail et, au début, Marisa n'a pas compris de quoi il s'agissait. Elle a cru qu'il y avait un problème, mais Adrienne lui a expliqué pour le bruit dans la cour et la nervosité des enfants qui auraient bien besoin d'un peu plus de place pour jouer. « C'est une situation exceptionnelle, vous comprenez ? » Mais Marisa ne comprenait pas. Elle remuait la tête, l'air désemparée, et elle répétait : « Ce n'est pas possible, non, ce n'est pas possible. Je n'ai pas le droit d'ouvrir le portail. » Et puis elle a fermé la porte et Adrienne et ma mère sont restées là, sans rien dire. Le soir, ma mère en a parlé avec mon père. Elle était furieuse comme quand j'ai fait une grosse bêtise ou que je lui réponds avec insolence. « Pour qui elle se prend ? C'est notre employée, après tout, c'est nous qui payons son salaire. Ce n'est quand même pas normal qu'un jardin reste inoccupé quand des gens souffrent. Et les enfants ? Est-ce qu'elle y pense, aux enfants, cette concierge qui n'a pas été capable d'en avoir ? » Mon père ne paraissait pas très concerné. Tout ce qu'il a dit, c'est : « Tu peux être sûre que ça aura des conséquences sur ses étrennes. Qu'elle ne s'attende pas à grand-chose cette année. »

À ce moment-là, ça ne ressemblait plus du tout à des vacances. Ma mère passait ses journées allongée sur le canapé en écoutant en boucle cette chanson que je déteste et dont je n'arrive pas à prononcer le titre en anglais : « Ain't No Sunshine When She's Gone ». Elle disait que son magasin allait faire faillite, qu'on ne sortirait jamais de cet enfer et que, en plus, les gens étaient méchants et égoïstes et qu'elle en avait sa dose, de ces Parisiens hostiles. Elle me laissait parfois descendre tout seul pour jouer dans la cour. Après tout, qu'est-ce qui pouvait m'arriver, dans ces dix mètres carrés de cour, fermée par une grande porte cochère ? Et c'est là, alors que j'étais seul, que j'ai eu une idée. Une idée de génie qui allait rendre le sourire à ma mère et qui allait faire de moi, pour les années à venir, le héros de cet immeuble. J'ai posé mon ballon sur le sol, dans le hall d'entrée. J'ai pris mon élan, j'ai coupé ma respiration et j'ai frappé dans la balle, aussi fort que j'ai pu. J'ai levé les yeux et je l'ai vu s'élever dans le ciel et passer au-dessus du portail en fer. J'avais réussi mon coup.

Je m'apprêtais à taper à la porte de Marisa et à lui sortir le grand jeu – les larmes, le fait que c'était mon ballon préféré et que mes parents allaient me gronder – quand j'ai vu le ballon s'élever au-dessus du portail et revenir vers moi. Pendant un moment, j'ai pensé que je me faisais un film, que ce n'était pas possible, mais le ballon a roulé à mes pieds.

Il y avait quelqu'un derrière le portail en fer. J'ai crié : « Y a quelqu'un ? » Personne n'a répondu.

Quand je suis rentré chez moi, j'ai hésité à raconter cette histoire. À coup sûr, ça allait m'attirer des ennuis et j'ai préféré me taire. Mais le lendemain matin, alors qu'on prenait le petit déjeuner, on a entendu des bruits dans la cour. Des bruits de coups contre le portail en fer et puis celui d'une scie métallique ou d'une perceuse, un bruit strident qui a réveillé tout l'immeuble. Benoît, Adrienne et ma mère étaient à la fenêtre quand, brutalement, le portail s'est ouvert. Ils ont vu arriver quatre enfants, un ballon sous le bras, suivis par leurs parents. Une femme portait une chaise pliante et elle s'est installée dans la cour, malgré les protestations de Marisa. La femme, qui était très grande et portait une queue-de-cheval, a fait comme si elle ne l'entendait pas. « Ça fait presque deux mois que les enfants sont enfermés, elle a dit, je ne vois pas pourquoi ils ne pourraient pas venir jouer là. »

Avec Louis et Emma, on n'a plus eu le droit de jouer dans la cour et je suis retourné à mes courses de voiture dans le salon et à mes dessins animés sur Netflix. Quelques semaines après la fin du confinement, alors que je revenais de l'école, j'ai croisé Marisa devant sa loge. Elle était assise sur des tas de cartons et quand je lui ai demandé ce qu'elle faisait, elle a dit qu'elle déménageait. Les propriétaires de l'immeuble s'étaient réunis et ils avaient décidé de la renvoyer. Ils lui reprochaient de ne pas avoir assuré la sécurité de leur immeuble et de n'avoir rien pu faire contre l'ouverture du portail en fer.

Franck THILLIEZ

Le Miroir

Auteur majeur et incontournable de la scène du thriller français, Franck Thilliez est également scénariste. Il a été couronné du Prix SNCF du Polar français pour *La Chambre des morts*, également adapté au cinéma. Récemment, son roman *Le Syndrome [E]* a fait l'objet d'une adaptation en série diffusée sur TF1. Auteur de plus de vingt thrillers, traduit dans le monde entier, vendu à près de 10 millions d'exemplaires en France, il a publié *La Faille* en mai 2023 chez Fleuve Éditions.

L'accès au grenier n'était pas facile. Trappe à l'ancienne dans le plafond, escabeau à récupérer dans la remise à outils, à remonter d'un étage, pour finir par se tordre le dos et se hisser à la force des bras... Bob voulait estimer le volume que la société de nettoyage allait devoir vider avant de mettre la bâtisse en vente. Sa mère, Marie, était morte à soixante-trois ans d'une cirrhose et avait tenu jusqu'au bout dans la demeure familiale, là où il était né quarante ans plus tôt et avait vécu jusqu'à son départ pour l'armée, au cœur du Berry, coin du monde où rien ne se passait sauf des drames.

Sous la charpente, sa lampe torche révéla un foutoir indescriptible qui lui mit un coup au moral. Sa mère n'avait jamais rien jeté. Jouets, bibelots achetés sur les brocantes, services de porcelaine, valises hors d'âge, meubles... Elle avait même gardé, dans une boîte en fer, les carnets où il avait écrit ses premiers contes fantastiques. Bob y jeta un rapide coup d'œil et s'en trouva ému : il y avait là plusieurs dizaines de récits qu'il avait complètement oubliés. Ce grenier, c'était une machine à remonter le temps.

L'histoire d'une vie, de leur vie. Celle d'une mère seule, sans argent, qui vendait ses fruits sur les marchés et avait tenté d'élever son fils du mieux possible, avant que l'alcool n'entre dans sa vie et ne se mette à la détruire à petit feu. Elle allait lui manquer – trop jeune pour mourir.

La boîte en fer sous le bras, il s'aventura jusqu'au fond, aveuglé par les toiles d'araignées qui lui venaient sur le visage, par la poussière que soulevaient ses pas, mêlée à la sciure abandonnée par les termites. Tout n'était pas à jeter, il pourrait en tirer un peu d'argent – il survivait à peine avec la vente de ses nouvelles fantastiques et d'horreur, répondant à des commandes pour quelques magazines à droite, à gauche. À genoux sous la charpente, il chassa d'un geste sec un drap jadis blanc qui recouvrait un très vieux miroir ovale en laiton appuyé contre un tasseau. La glace avait quelques traces de piqûres, mais…

Bob ne comprenait pas. Où était son reflet ? Il s'empara de l'objet des deux mains et eut beau l'incliner dans tous les sens, ce que renvoyait le miroir ne bougeait pas : un mur tapissé de fleurs roses et vertes, un portemanteau mural où était accroché un petit gilet gris – celui qu'il mettait toujours quand il était gamin – et le tricot de laine de sa mère. Ses doigts effleurèrent la surface argentée. Il ne s'agissait pas d'une photo collée, ou d'un quelconque gadget. C'était *dans* le miroir. De l'autre côté.

Bob fut alors pris d'un étrange sentiment, une sensation de déjà-vu qui s'estompa dès qu'il chercha à en définir les contours. Interloqué, il regagna le rez-de-chaussée avec son étrange trouvaille ainsi que la boîte aux carnets. La plupart des pièces étaient délabrées, pas chauffées et pleines d'humidité. Marie n'avait jamais voulu quitter sa demeure de pierre bien trop grande et trop coûteuse à entretenir, alors ces dernières années, à cause de son alcoolisme, elle avait vécu dans deux pièces du bas, laissant le reste à l'abandon. Mais Bob en aurait mis sa main au feu : c'était à l'endroit exact où il se tenait, proche de l'entrée latérale, que se trouvait jadis ce miroir dont il avait le souvenir à présent. Le meuble au-dessus duquel il reposait avait disparu, mais le vieux clou était toujours là. Bob repositionna ainsi l'objet à son emplacement originel, de façon que le reflet coïncide avec la réalité. L'illusion était presque parfaite, à l'usure près de la tapisserie qui, dans son dos, se décollait. Alors qu'il essayait de comprendre le truc, il se produisit l'impensable. Bob eut si peur qu'il manqua de chuter à la renverse.

*

* *

— C'est l'heure, Bobby.

Tout recroquevillé au chaud sous les couvertures, Bobby fit semblant de ne pas se réveiller, mais c'était uniquement pour la forme : depuis une semaine, impossible d'échapper à la cueillette des pommes. Sa mère voulait profiter au maximum de la présence de son fils avant la reprise de l'école, début septembre.

— Allez, petit déjeuner, on part dans un quart d'heure !

Elle avait déjà quitté la pièce. Il sauta dans son vieux pantalon troué pour la cueillette, enfila son tee-shirt, courut jusqu'à la cuisine où de solides tartines à la confiture l'attendaient, avec du lait de la ferme. C'était encore l'été, cependant, dans les campagnes, il ne faisait pas chaud, à 7 heures du matin. Dehors, le soleil brillait à peine à travers la brume. Sa mère rassemblait les sacs de toile vides à l'arrière de la voiture, en courant elle aussi. Elle passait sa vie à courir et Bobby se dit qu'elle ne vieillirait jamais. Il ne voulait pas qu'elle vieillisse. Parce que ça voudrait dire qu'un jour, elle mourrait, et ça, Bobby ne pouvait pas le concevoir.

Il débarrassa la table, souffla sur les miettes et se rendit dans le couloir, alors que des coups de klaxon résonnaient dans l'allée. Il laça vite ses baskets et ce fut au moment où il releva le visage vers le miroir qu'il poussa un cri. Un homme était en train de le regarder, ses grands yeux de chouette presque collés à la surface, mais *de l'autre côté*. Ses lèvres bougeaient dans sa barbe noire, comme s'il essayait de dire quelque chose. Bobby s'enfuit en criant, se précipita vers la portière de la 504 et attrapa sa mère par le bras.

— Maman ! Il faut que tu viennes voir ! Il y a un homme dans le miroir !

Marie avait toujours trouvé l'imagination de son fils débordante. À l'école, les instituteurs disaient qu'il était le premier à inventer des histoires. Il lisait beaucoup et parlait souvent seul, le soir. Un jour, elle avait vu un médecin qui lui disait que, à dix ans, c'était normal, mais elle, ça l'effrayait parfois un peu, surtout quand elle lisait les historiettes complètement folles qu'il écrivait dans des carnets glissés sous son lit. Elle passa une main dans sa courte chevelure blonde tout hirsute.

— C'est toi, mon homme. T'as que dix ans, mais t'as déjà pris la place de ton père, tu sais ?

Comme il refusait de monter, Marie accepta d'aller jeter un œil. Bob se serra contre sa mère lorsqu'ils se retrouvèrent face au miroir. L'inconnu était toujours là, il les observait tous les deux et on aurait dit qu'il essayait de parler.

— Il me fait peur, maman. Qu'est-ce qu'il veut ?

Marie sentit les soudains tremblements de son fils, et vraiment, ça l'inquiétait. Ça n'était pas une de ses astuces pour éviter la cueillette. Pas cette fois. Elle le voyait à ses yeux, dans le reflet. Il avait vraiment peur. Mais de quoi ?

*
* *

Bob n'en revenait pas. Lui, enfant, de l'autre côté du film d'argent. Sa mère, vivante, tellement jeune et en forme. Son teint était frais, elle n'avait, semblait-il, pas encore commencé à boire. Ce miroir, c'était une fenêtre, trente ans en arrière, à travers laquelle son autre lui pouvait le voir, mais pas l'entendre. Aussi incroyable que cela puisse paraître, il était en train de vivre une de ces histoires impossibles qu'il aurait pu lui-même écrire.

Il apporta une chaise et s'installa face au miroir, l'œil vigilant. Il ne voulait pas manquer son prochain rendez-vous avec Bobby Junior, ni l'effrayer. Alors il arracha les pages d'un carnet qu'il gardait toujours sur lui et prépara la rencontre. Il avait des centaines de questions à poser. Tout cela était si délirant que Bob se demanda s'il n'était pas en train de devenir fou. La mort de sa mère, son manque de sommeil, cette vieille maison et tous ses soucis d'argent… Ça commençait à lui taper sur le système.

Il en avait terminé avec ses préparatifs, et maintenant, il allait falloir attendre dans ce couloir glacial. Il n'osait pas déplacer le miroir, de peur de rompre la communication. Pour patienter, il sortit de la boîte en fer une dizaine de vieux carnets. Un sourire illumina son visage lorsqu'il découvrit le titre de sa toute première nouvelle. Il avait écrit son âge, en haut de la page. *Bobby, dix ans, présente « La Rivière au poisson d'argent »*. Il la redécouvrit comme si c'était la première fois. Ça parlait d'un saumon qui, une fois la nuit tombée, se transformait en prince et allait distribuer à manger aux personnes dans le besoin. Bob sentit une vive émotion le saisir au ventre.

Il se rendit compte à quel point l'alcoolisme de sa mère avait, au fil de sa dixième année, noirci ses textes. Les monstres avaient remplacé les princes et les fées. Les histoires finissaient mal, les héros mouraient. Bob avait oublié tous ces récits, comme si sa mémoire avait volontairement occulté cette période de son enfance. Il ignorait toujours pourquoi sa mère s'était subitement mise à boire. Il ignorait également ce qui avait causé la petite cicatrice circulaire que lui-même avait au beau milieu de la paume de sa main gauche. La quasi-entièreté de cette fameuse année se résumait à un vaste trou noir qu'il n'avait jamais réussi à combler.

Des heures durant, il se plongea avec délectation dans ces vieilles fictions. Bon Dieu, il avait quand même une sacrée imagination, pour un gamin de cet âge-là. Et puis, c'était plutôt bien écrit. Pourquoi, adulte, n'avait-il jamais percé ? Pourquoi n'avait-il pas réussi à trouver son public ? Le manque de lecteurs ne l'empêchait pas de continuer à raconter des histoires, même s'il galérait financièrement. L'écriture, c'était toute sa vie.

Une suite de pages du dernier carnet avaient été arrachées, comme si on s'était débarrassé furieusement d'une histoire complète. Il n'eut pas le temps de prolonger sa réflexion. Le môme était debout face à lui, de l'autre côté du miroir. Ses doigts palpaient la surface – Bob pouvait voir sa paume qui s'écrasait juste devant son nez. C'était celle de gauche, et elle n'avait pas de cicatrice.

D'un geste doux pour ne pas l'apeurer, il montra une première feuille, sur laquelle il avait écrit : *N'aie pas peur. Je m'appelle Peter, comme Peter Pan. Et toi Bobby, c'est ça ?* Le gamin acquiesça d'un air timide, Bob lui adressa un sourire, et enchaîna : *J'aimerais bien parler avec toi. Tu veux ?* Bob était tellement ému de se revoir qu'il versa une larme. L'enfant disparut du champ avant de revenir avec l'un de ses carnets et son stylo noir au capuchon mordillé. *Comment tu connais mon nom ? Qui tu es ? Pourquoi maman ne te voit pas ?*

Évidemment, Bob ne pouvait révéler le vertigineux lien qui les unissait, tous les deux. Il ne voulait pas non plus perturber le gamin, ni modifier quoi que ce soit à la ligne du temps – les événements susceptibles de se produire à cause de leur « rencontre » pourraient-ils avoir des répercussions sur lui trente ans plus tard ? Pour le moment, Bob préférait ne pas savoir. Alors il expliqua qu'il était l'âme du miroir magique. *Tu as quel âge, Bobby* ? *J'ai eu dix ans le mois dernier…*

Dix ans… Grâce au miroir, Bob allait peut-être enfin pouvoir combler le trou dans sa mémoire. Il suggéra qu'ils puissent se voir souvent, tous les deux, et se raconter des bonnes histoires avec des vampires et des loups-garous. Ça plaisait à Bobby. Tandis que le gamin écrivait, Bob tenta de bouger le miroir, mais se rendit compte que le reflet du petit s'estompait dès qu'il s'éloignait trop de son emplacement d'origine. C'était donc impérativement ici, face à ce vieux clou planté dans le mur, que leurs rendez-vous devraient avoir lieu à l'avenir.

Quand il raccrocha l'objet au mur, sa mère – et celle de Bobby – était apparue dans le champ. Elle le fixait au fond des yeux, mais sans le voir, et visiblement très en colère. Le petit Bobby avait la tête baissée. Pris sur le fait en train de parler avec un interlocuteur qu'elle ne pouvait imaginer.

La dernière chose que Bob vit, ce fut la main de Marie se rapprocher de lui, le tremblement du reflet, et la surface du meuble qui, lorsqu'elle y posa le miroir à l'envers, vint rompre le contact.

*

* *

Bob avait décidé de quitter son petit appartement de Rouen et de s'installer dans la maison du Berry pour une durée indéterminée. Il voulait retourner dans le passé. Profiter comme un voyeur de chaque moment où maman et lui-même passeraient dans le couloir, et où il pourrait les contempler discrètement. Revivre sa jeunesse par procuration et essayer de combler le vide aux alentours de sa dixième année. Il pourrait ainsi comprendre le déclic qui avait fait plonger sa mère dans l'alcool. Après tout, peut-être y avait-il moyen de la sortir de son addiction ? D'éviter la première gorgée ? Il pourrait conseiller Bobby, à deux, il y avait moyen d'éviter le désastre. Ça n'était pas modifier le passé, estima-t-il, mais juste… un peu l'arranger, pour le bien de tous.

Pour le moment, le miroir n'avait pas encore été remis en place, le reflet demeurait désespérément noir. Bob eut une pensée glaçante : Marie s'en était débarrassée, ou elle l'avait rangé au grenier, là où il l'avait découvert, sous un drap blanc. Sans le savoir, elle avait mis un terme à la plus extraordinaire des aventures.

En attendant un signe, il fallait qu'il s'occupe, ou il allait devenir dingue. Il n'avait pas envie d'écrire – il venait de remettre cinq nouvelles à ses éditeurs et avait besoin de faire une pause –, alors il entreprit d'attaquer le nettoyage d'une partie du grenier, seul, au lieu de confier ça à une entreprise qui lui aurait réclamé une fortune. Descendre ce qui était transportable, prendre des photos pour mettre les objets en vente sur un site d'annonces, multiplier les allers-retours à la déchetterie… Il fut peiné de découvrir des bouteilles d'alcool un peu partout. Facile d'imaginer sa mère installée dans l'obscurité, en train de picoler au milieu des éclats de son existence passée. Il glissa avec tristesse les cadavres dans des sacs-poubelle. Il dénicha alors, dans l'un des recoins les plus profonds des combles, cachée sous une grosse poutre, une boîte à chaussures quasiment momifiée avec du gros Scotch marron, sur laquelle était inscrit : *Mon Bobby*. Posé au-dessus de cette trouvaille, une enveloppe fermée, sur laquelle il était noté en lettres capitales : *À ouvrir après la boîte*. Encore une étrangeté. Pourquoi sa mère avait-elle laissé ça là ?

Armé d'une paire de ciseaux, il retourna s'asseoir sur son meuble dans le couloir et entreprit d'ouvrir la boîte. Elle contenait tout un tas de souvenirs de son enfance. Ses dents de lait, une mèche de ses beaux cheveux blonds, des dizaines de photos reliées par un élastique : des moments heureux dans la nature, des sourires, des batailles de boules de neige avec sa mère.

Mais les derniers clichés étaient beaucoup plus sombres et semblaient avoir été pris en cachette, par l'entrebâillement d'une porte ou au détour d'un couloir. Bobby, le regard noir face au miroir. Bobby, assis à l'indienne sur son lit, en train d'écrire, comme habité par une fièvre créatrice, cerné de dizaines de feuilles réparties autour de lui. La même photo, sans Bobby cette fois, mais avec un plan serré sur certaines pages : *Maman pense que je suis fou*, *Maman m'a encore puni et je la déteste*, ou encore : *Maman m'a enfermé à la cave pour m'empêcher de te parler. J'ai peur*.

Bob eut alors l'impression de marcher en équilibre sur l'arête d'une spirale infernale. Ainsi, la boîte contenait, en partie, la conséquence de ce qu'il était en train de vivre avec Bobby. S'il n'avait pas découvert le miroir, il n'aurait pas perturbé le gamin, et ces photos n'auraient sans doute jamais existé. Ces petits rectangles de papier glacé avaient-ils traversé le temps, où étaient-ils apparus comme par enchantement à la suite de leur rencontre ?

Au fond du carton traînaient une douzaine de boulettes de papier, il en déroula une au hasard. C'était son écriture d'enfant. *Le miroir était maudit, parce qu'il détruisait tout ce qui l'entourait. J'ai détesté Peter Pan. Je l'ai détesté parce que je pensais au départ que c'était un monsieur gentil mais il a fait du mal... C'est à cause de lui que maman m'a emmené à l'hôpital.* Bob en eut le souffle coupé. Quel genre d'hôpital ? *Pour les fous,* fit une petite voix dans sa tête.

Avec des gestes précipités, il déplia les autres boulettes. L'une d'entre elles portait un titre : *Bobby, dix ans, présente « Le Miroir ».* Ses yeux parcoururent les premières lignes. *Ça avait commencé un matin comme les autres. Maman m'avait réveillé pour partir aux pommes et je ne voulais pas sortir du lit.* Bob pensa aux pages arrachées du carnet de la boîte en fer. C'était sa mère qui avait fait ça. Elle avait détruit tout ce qui faisait référence au miroir.

Une clarté dans son champ de vision lui fit relever la tête. Bobby était revenu, et il lui souriait. Il avait redressé le miroir et l'avait visiblement posé sur le meuble, au lieu de le raccrocher à son clou. Le môme fit doucement défiler les feuilles qu'il avait préparées en cachette. *Maman pense que je suis fou. Mais moi, je sais que je ne suis pas fou. Je sais que tu existes. C'est ça qui est important. On va pouvoir continuer à discuter tous les deux ? En cachette. Maman est partie. Je te parlerai quand elle sera pas là, OK ?*

Bob essaya de retrouver ses esprits. Il était en train de complètement chambouler la vie de Bobby. De transformer son univers d'enfant, rien que par sa présence incompréhensible. Il devait se rendre à l'évidence : il n'avait pas le droit de faire une chose pareille. Ni sa mère ni le monde n'étaient près à croire à une telle histoire. Le gamin risquait de développer une obsession, de passer pour un malade mental, et ça, Bob ne pouvait le concevoir. Il fallait que tout cela cesse.

Le cœur serré, il écrivit qu'il avait été très heureux de le rencontrer, mais qu'il allait devoir partir. *Ne me cherche plus dans le miroir ! Arrête d'écrire des mots sur des feuilles, c'est fini. Je vais partir loin d'ici.* Alors que le gamin se décomposait de l'autre côté parce qu'il refusait que son nouvel ami le quitte, Bob nota, sur la dernière feuille : *Quoi qu'il arrive, tu dois continuer à raconter des histoires, tu es très doué pour ça. Un jour, tu seras un grand écrivain. Écris, écris toujours.*

Puis, face aux pleurs de l'enfant de dix ans qu'il avait été, il brisa le miroir au sol. Le visage de Bobby se disloqua et disparut à tout jamais. Bob resta là, inerte, dans le couloir de la grande maison froide. Rien ne se transforma autour de lui, la Terre continuait de tourner. Il passa tout de même un coup de fil anonyme à l'hôpital où sa mère avait fini ses jours, au cas où. Le verdict n'avait pas changé. Cirrhose.

Rien, dans le contenu de la boîte à chaussures, n'avait évolué non plus. Les douze feuilles froissées de la nouvelle « Le Miroir » étaient toujours là. Bob les remit dans l'ordre en se repérant avec les premières et les dernières phrases de chaque page, puis en entreprit la lecture. « *Maman ! Viens voir ! Il y a un homme de l'autre côté du miroir !* », « *Je ne voulais pas qu'il parte.* », « *Je me disais qu'il finirait par revenir. J'y pensais tout le temps. Dans ma chambre, à l'école. Je me levais la nuit pour rester en face du miroir... Des fois, maman me surprenait. Ses punitions étaient de plus en plus terribles.* », « *Comme elle avait enlevé tous les miroirs de la maison, je restais devant les fenêtres, face à mon reflet, à attendre qu'il apparaisse...* », « *C'est à cause de la colère que j'ai fait ça. Je voulais plus qu'elle m'enferme à la cave. Alors, j'ai pris le clou sur l'établi, le marteau, et j'ai transpercé ma main...* », « *J'avais peur, je hurlais, je voulais pas que maman me laisse avec ces gens... Elle aussi elle pleurait, je ne l'ai jamais vue aussi triste que quand elle m'a abandonné à l'hôpital, ce jour-là. Ses mains tremblaient. Elle avait encore bu.* », « *Ça fait deux jours que je suis enfermé dans ma chambre d'hôpital, le docteur me dit que l'histoire que je suis en train d'écrire est une belle histoire mais qu'elle n'est pas réelle. Si, docteur, je vous jure qu'elle est vraie. Il m'explique que c'est parce que je suis malade, que je crois qu'elle est vraie. Qu'il va chasser toutes ces mauvaises images de ma tête, que je vais finir par les oublier, que ma maladie est rare pour les enfants de mon âge, et qu'elle s'appelle schizophrénie.* »

Bob posa la dernière feuille sur ses genoux, les yeux trempés de larmes. La vérité, la sinistre vérité, lui éclatait en plein visage. Son trou de mémoire... La cicatrice, au milieu de sa main gauche... Le petit Bobby qui avait écrit la nouvelle, c'était lui. Vraiment lui, en chair et en os, et pas un autre lui perdu dans une dimension parallèle. Il avait vraiment été enfermé dans un hôpital psychiatrique l'année de ses dix ans. C'était à cause du miroir que sa mère s'était mise à boire. À cause de ce qui s'était passé il y avait trente ans.

Anéanti, du bout des doigts, il pinça l'enveloppe et en sortit la lettre qu'elle contenait. C'était son écriture.

Cher Bob, cher moi-même,

Ne me demande pas comment toute cette histoire a commencé ni d'où vient ce fichu miroir, je n'en sais rien. Je suis un de tes prédécesseurs. Un autre toi, à un moment du passé. Il semblerait que je sois le premier à avoir eu l'idée d'écrire cette lettre, après avoir ouvert, comme toi, le contenu de la boîte. Je ne vais pas m'étendre car ce que je sais, tu le sais déjà. Tu as lu la nouvelle que j'ai écrite, et que tu as écrite aussi. Tu as sans doute brisé le miroir, mais ça ne change rien, car ce miroir existe dans le grenier du passé. Ce petit Bobby avec qui tu as parlé, ce sera lui qui, dans trente ans, sera à ta place en ce moment même et ira chercher le miroir sous son drap, pour reproduire exactement ce que tu viens de vivre. On ne peut pas y échapper.

Il y a une chose, une seule chose que tu puisses faire. C'est remettre l'enveloppe là où tu as trouvé la boîte et graver un bâton sur la poutre au-dessus. Comme une trace indélébile de ton passage pour le suivant, qui sera le petit Bobby avec qui tu as parlé. Évidemment, j'ai tracé le premier…

Bob

Bob refusait d'y croire. Il ne pouvait pas être un simple pion piégé dans une boucle temporelle. Tout cela n'était que pure folie, ça ne pouvait pas exister. *Schizophrénie.* La maladie n'eût-elle pas été préférable à ce qu'il était en train de vivre en vrai, en ce moment ? Il se précipita dans le grenier et retrouva la poutre en question. Elle était criblée de bâtons alignés les uns à côté des autres, du plancher au sommet de la charpente…

Remerciements

Chers lecteurs,

Nous tenons à remercier les équipes d'Univers Poche et tous nos partenaires solidaires de la chaîne du livre et de sa promotion, ayant permis à cette belle opération de voir le jour :

Pour l'aide juridique et la fabrication :
Sogedif

Pour les textes :
les auteurs et le préfacier

Pour la couverture :
Riad Sattouf

Pour la photocomposition :
Apex Graphic
Nord Compo

Pour l'impression et le papier :
Stora Enso

MM Board & Paper

Maury Imprimeur
CPI Brodard & Taupin

Pour la distribution et la diffusion :
Interforum

Pour la promotion :

Communication : Nicolas Galy, Agence NOOOK / Kosept / Gaetan Waquier / Time-Line Factory

Radio : Autoroute FM / EUROPE 1 / RFM / Radio Classique / Sanef / Wake

Presse : *Avantages* / *Biba* / *Causette* / *ELLE* / *Femme Actuelle* / *Femme Actuelle Jeux* / *Groupe GMC* / *Happinez* / *Historia* / *La Fringale Culturelle* / *Le Figaro* / *Le Figaro Littéraire* / *Le Parisien* / *LE POINT* / *Les Inrocks* / *L'Express* / *L'Histoire* / *Libération* / *LiRE* / *Livres Hebdo* / *L'Obs* / *Marie France* / *Maxi* / *Nous Deux* / *Psychologies* / *Psychologie Positive* / *REWORLD MEDIA* / *Sciences & Vie* / *Simple Things* / *Society* / *Télérama* / *Valeurs Actuelles* / *Version Femina*

Affichage : Clear Channel / ECN / JC Decaux / Médiatransport / Phenix

Digital : Actualitté.com / Babelio / BePolar / CULTURE G / Dailymotion / FNAC / Konbini / Le Point / Livres Hebdo / Métamorphose / M6 Publicité / MK2 / My Little Paris / My TF1 / NRJ / SNCF connect / Targetspot / Version Femina / Webedia

Ainsi que :
Agence HAVAS
Agence SAM

Et tous les libraires de France !

L'équipe éditoriale des éditions Pocket

Vous découvrirez ici la liste de l'intégralité de nos partenaires solidaires.

Cet ouvrage a été composé et mis en page
par Nord Compo à Villeneuve-d'Ascq

storaenso

ALASKA® WHITE

#lisez! engagé
www.lisez.com
Pour plus d'information :
Imprimé sur du papier issu de forêts gérées durablement.

Imprimé en France par MAURY IMPRIMEUR
en octobre 2023
N° d'impression : 273333

POCKET – 92, avenue de France, 75013 Paris

S33859/02